AF140147

Hab (keine) Angst

Von Jeraline Rübsamen

Herstellung und Verlag:
BoD - Books on Demand, Norderstedt
ISBN 978-3-7386-5264-2

Für Chris

Heute Abend war einer meiner schlimmsten Abende, die ich jemals erlebt hatte! Ich habe einen Mann gesehen. Er unterschied sich kaum von den anderen. Nur ein Merkmal ließ ihn auffallen. Bei genauerem Hinsehen machte er einem eine tierische Angst. Er schaute mich durch seine runde Brille an, als würde er mich gleich fressen wollen! Das Komischste aber an diesem Mann war, dass es ihn in Wirklichkeit gar nicht gab. Schwer zu erklären. Ich war wahrscheinlich aus Langeweile wieder in meine Traumwelt geraten. Diese meinte, sie müsste mir einen Streich spielen. Nun sitz ich hier und habe trotzdem Angst. Angst vor einem Unbekannten!...

1.

November 1980

Ich tötete seine Mutter vor seinen Augen.
Eine einzelne Träne rann ihm über seine kleine,
farblose Wange.
„Hab keine Angst.", sagte ich ihm.
Er nickte verständnisvoll. Blondes, hochgegeltes Haar.
Seine blauen Augen schimmerten im Mondlicht,
welches durch die einzelnen Äste schien. Es war eine
kalte Herbstnacht. Wir befanden uns mitten im Wald.
Keiner würde diese Schlampe jemals finden.
Adam reichte mir stumm die Schaufel, mit der ich
seiner Mutter ein Grab schaufeln würde. Zwölf
verdammte Jahre hatte ich es mit ihr ausgehalten. Nach
zwei kam Adam auf die Welt. Mein erster Sohn.
Mein einziger Sohn.
Er betrachtete ihren Leichnam, schlurzte ein paar Mal.
Dann aber war gut.
Er blickte zu mir auf und fragte mich:
„Hatte sie es verdient?"

Ich traf seinen Blick wie ein Pfeil sein Ziel und antwortete mit gebückter Haltung: „Ja!".

Er wischte sich mit seinem Ärmel die Tränen vom Gesicht und schaute mir bei der Arbeit zu.

Die Blätter zitterten im Wind, die Bäume krachten und in der Ferne vernahm ich leise eine Eule. Adam bot mir seine Hilfe an, doch ich lehnte diese ab. Er sollte nur zusehen.

Als Zuschauer in der ersten Reihe sollte er mit ansehen, wie ich seine Mutter unter die Erde brachte.

 Als das Loch fertig war, stieß ich sie herzlos in die Tiefe und begab mich zu Adam. Er blickte mich von unten an wie ein Schoßhund sein Herrchen.

Armer Adam. Sie hatte sich nie um ihn gekümmert. Sie schloss ihn in seinem Zimmer ein. Jeden Tag. Danach gab sie sich die Kante und rauchte mehr als zwei Packungen. Ich kam erst abends spät von der Arbeit nach Hause. Um die Zeit war sie meistens auf dem Sofa eingeschlafen. Ich befreite Adam aus seinem Käfig und versuchte mit dieser verfluchten Person, die meine Frau war, zu reden. Doch wie jeden Tag empfand sie es als notwendig, da Adam sie sonst nur nerven würde.

Wobei denn nerven, Schätzchen?

Vielleicht bei den wöchentlichen Männerbesuchen am Vormittag?

Ich weiß über alles Bescheid! Und heute habe ich dich auf frischer Tat ertappt. Dich und einer deiner Kunden. In unserem Bett! Adam sollte so etwas nicht sehen, das stimmt. Doch er sollte sehen, wie ich seine Mutter an den Haaren aus dem Zimmer zog, das schöne, große Küchenmesser herausholte und dir die verdammte Kehle damit aufschlitzte! Der verdammte Bastard in unserem Schlafzimmer stand wie angewurzelt da, als er dich verblutend auf dem Boden liegen sah. Meinst du, er hätte dir geholfen? Nie im Leben! Er hatte viel zu viel Angst. Angst vor mir. Deinem Ehemann!

Vielleicht wusste er nicht, dass wir verheiratet waren. Aber das war mir egal. Ich strich Adam übers Gesicht, welcher weinend in der Ecke stand und auf seine tote Mutter starrte. Ich küsste ihn auf die Stirn. Er schaute mich mit seinen großen, verheulten Augen an. Mein Sohn.

Ich wandte mich wieder diesem Typ zu, der immer noch auf der gleichen Stelle stand. Er war jünger als ich und vielleicht auch besser aussehend. Aber war das ein Grund, mir fremdzugehen? Nein. Ganz sicher nicht.

Ich fragte ihn nach seinem Namen.

Verängstigt stotterte er den Namen *Alex*.

„Also, Alex." Ich trat mit dem Messer vor und putzte es an ihm ab. Eine wunderbare rote Linie war nun auf seinem trainierten und gebräunten Brustkorb zu sehen. „Kann sein, dass du es noch nicht wusstest, aber diese Frau gehörte mir. Und keinem anderen." Ich musste lachen und weinen zugleich, als ich diese Worte aussprach. „Und weißt du, was ich mit Typen wie dir mache, die trotzdem meinen, sie müssten meine Frau vögeln?"

Plötzlich meinte er, er müsste mir was vormachen, wie leid es ihm täte und dass er es nicht gewusst hätte. Vergiss es, mein Lieber. Dafür ist es jetzt zu spät. Ich holte aus und schlitzte auch ihm die Kehle durch. Sein Blut spritzte in mein Gesicht. Ich putzte es mir an meinem weißen Arbeitshemd ab. Adam kam zur Tür, um sich auch ihn anzusehen. Am Boden konnte man sehen, wie er Fußabdrücke mit Blut hinterließ. Anscheinend ist er durch die Blutlache im Flur gelaufen.

8

„Keine Sorge, mein Sohn. Bald ist es vorbei."
Er nickte und trat bei Seite. Ich legte meine Hand auf
seinen Kopf. Seinen schnellen Pulsschlag konnte ich
deutlich spüren. Sein Herz raste.
Mit dem Blick auf ihn gerichtet, ging ich vor ihm auf die
Knie und sagte: „Hör zu! Du darfst diesen Tag niemals
vergessen. Deine Mutter war ein schlechter Mensch.
Genauso wie ihr Freund in Papas Schlafzimmer. Und
böse Menschen müssen bestraft werden. Also, mein
Sohn. Glaubst du an meine Unschuld?"
Er war erst zehn Jahre alt. Ein Kind, das zugesehen
hatte, wie sein Vater seine Mutter ermordete. Und
trotzdem nickte er zustimmend.
 Ich weiß nicht, ob er nur aus Angst zustimmt, oder
einfach, weil er es noch nicht verstand. Aber er musste
mir glauben! Diese Frau hatte es nicht anders verdient!
Und Alex genauso wenig.

Nun lag sie dort. Niemand konnte sie sehen. Tief unter
der Erde würde ihr Leichnam verwesen, bis nur noch
ihre Knochen zu finden sind. Alex hatten wir ein paar
Meilen zuvor vergraben. Mein Hemd war voll mit Blut,
Dreck und anderem Mist. Adam sah dagegen immer
noch aus wie ein kleiner Prinz. Sein blau-weiß
gestreiftes Hemd und seine niedliche Jeans. Doch als
mein Blick weiter nach unten reichte, sah ich, wie seine
weißen Turnschuhe, die er vor Kurzem erst bekommen
hatte, voll mit dem roten, dickflüssigen Zeug waren, in
das er im Flur getappt war.
Ich trat erneut zu ihm und sah ihn mir aus der Nähe an.
„Ist es vorbei?", fragte er mich mit flüsterndem Ton.
Eine Welle von Trauer und Selbsthass überkam mich.
Ich fiel auf die Knie. Adam zeigte keine Reaktion. Doch

ich konnte meine Tränen nicht mehr verbergen. Was hatte ich getan?

Ich habe meinem Sohn seine Mutter genommen. Seine für immer verdammte Mutter! Ein Schrei kam aus mir heraus, sodass man ihn laut im Wald hören konnte. Adam zuckte dabei kurz zusammen, entspannte sich danach aber wieder. So viel Schmerz stach in mein Herz. Meine Frau, die ich geheiratet, geliebt und mit der ich einen so wunderschönen Sohn bekommen hatte, ging mir fremd! Ich verfluche sie! Warum hatte ich sie bloß getötet? Ich hätte sie so schön quälen können. Unser Haus lag abgelegen am Rande der Stadt. Niemand hätte sie hören können. Meine Rache wäre so schön gewesen. Aber nein. Ich hatte sie schnell beendet.

Leise vernahm ich Adams Stimme: „Dad?"

Ich öffnete meine Augen. Zuerst war alles verschwommen. Doch nach wenigen Sekunden sah ich das Gesicht meines Sohnes klar und deutlich vor mir. „Ist es vorbei?"

Ich nickte. „Ja. Wir können nach Hause fahren. Komm, wir gehen zum Auto." Wir hatten nicht weit entfernt geparkt. Adam war so müde. Wir stiegen ein, drehten das Radio auf und fuhren nach Hause.

Er schlief während der Fahrt ein. Das war mir recht. Auch ich war müde. Wollte nur noch ins Bett. Ins Bett, wo nie meine Frau wieder auf mich warten würde. Nun war ich ein alleinerziehender Vater. Ob das alles so glatt laufen würde, wie ich es mir dachte, war fraglich.

Ein leises Schnaufen vernahm ich aus Adams Richtung. Es hörte sich zufrieden an. Aber war er das auch? Konnte er damit leben? Ohne Mutter? Mit seinem Vater, der in Wahrheit ein Mörder war? Er musste! Ihm blieb nichts anderes übrig. Er durfte mich nicht verraten, sonst...

Verdammt! Daran durfte ich nicht einmal denken! Er ist doch erst zehn. Wer bin ich, der daran denkt, seinen eigenen Sohn zu töten? Er konnte doch nichts dafür. Ich war es! Ich! Ich! Ich!...

2.

November 1981

Adam hatte Geburtstag. Mein Großer wurde elf Jahre alt.
Ich konnte mich noch genau an seine Geburt erinnern.
Er hat so laut gebrüllt und Nächte lang geweint. Doch
das machte uns nichts aus.
Seit einem guten Jahr aber gab es kein *Uns* mehr. Zum
Glück!
Ich schenkte ihm alles, was er haben wollte. Doch sein
größtes Geschenk, würde er erst noch bekommen.
Wir saßen am Tisch. Hatten gefrühstückt. Adam sah
erstaunt auf den riesigen Schokokuchen, der mitten auf
dem Tisch stand. All seine Geschenke hatte er schon
ausgepackt. Die leeren Kartons und das bunte,
zerrissene Geschenkpapier lagen zerstreut in der
Wohnung herum. In unserer neuen Wohnung. Vor acht
Monaten sind wir aus diesem schrecklichen Haus
ausgezogen und haben uns weit entfernt davon ein
neues, viel größeres Haus inklusive Garten gemietet.
Auch meinen Job hatte ich geändert. Der elende,

monotone Job war weg! Ich bin jetzt frei! Charles Fossey. Frei wie ein Vogel. Ein Traum.

Doch auch ein Traum muss irgendwann einmal zu Ende gehen. Und ein neuer soll beginnen. Adams Traum.

Ich stand also auf, nahm ihn an die Hand und führte ihn in den Garten, der einen riesigen Kastanienbaum besaß. Zu diesem wanderten wir. Seine Wurzeln drangen tief. Seine Blätter hatten sich schon seit einer Weile verfärbt. Manche lagen auch schon tot am Boden. Adam schaute zu mir hoch, als ich die Hälfte seines größten Geschenkes an den dicksten Ast knotete.

„Schau Adam! Rate mal, wer da gleich hängen wird!" Ich zeigte auf die Schlinge.

Er schüttelte beängstigt den Kopf.

„Weißt du noch, was er letztes Jahr getan hat?"

Nun nickte er. „Du hast Mutter bestraft. Weil sie böse war."

Ich stieg zu ihm hinab und drückte ihn fest.

„Im Herzen sind wir alle böse, mein Junge. Also traue niemandem."

Fast das ganze Jahr hatte ich nicht an meine Frau gedacht. Doch vor zwei Monaten. Es war an einem verregneten Abend, als Adam vor dem Fernseher auf meinem Schoß eingeschlafen war. Da überkam es mich. Ich musste an sie denken! Wieder dieses Gefühl der Reue!

Adams Mutter war tot. Ich hatte sie ermordet. Wie konnte Adam nur ruhig schlafen, obwohl er wusste, dass ein Mörder, sein Vater, im Haus war? Das musste aufhören. Auch ich war ein böser Mensch. So wie seine Mutter einst war. Wir hatten beide den Tod verdient!

13

Ich ließ ihn wieder los und lächelte. „Wenn ich fertig bin, gehst du rein und isst den Kuchen. Den habe ich extra für dich geholt. Danach packst du deine Sachen und verschwindest. Egal, wohin du auch willst. Ich erlaube es dir." Ich holte mein Portemonnaie aus meiner Hosentasche und hielt es ihm hin. „Nimm dies. Das sollte fürs Erste reichen. Erzähl niemandem, was ich gemacht habe. Hast du verstanden?"

Er nickte verständlich und nahm es an sich.

„Braver Junge. Ich liebe dich!"

Ich stand auf. Legte mir die Schlinge um den Hals und wiederholte meine letzten drei Worte.

Dann ließ ich mich fallen.

3.

April 2002

Meine Mutter gehört nicht zu den einfachsten
Menschen.
Sie ist zwar hübsch und auch intelligent, aber trotz
alldem schafft sie es nicht, den richtigen Mann für
sich und den richtigen Vater für mich zu finden.
Ich hätte nichts gegen einen neuen Mann im Haus.
Solange er kein Alkoholiker, Kiffer oder sonst
irgendein dahergelaufener Penner ist, der meine
Mutter nur wegen ihres Geldes lieb hat.
Mein richtiger Vater war so ein Versager. Er hatte
keinen Job, rasierte sich nie und fand es schön, den
ganzen Tag mit dreckiger Unterhose und einer
Flasche Bier in der Hand vor dem Fernseher zu
sitzen.

Die Beziehung mit diesem Ekel hatte zwei Jahre lang gehalten. Eine recht kurze Zeit für ein Ehepaar. Aber dennoch hatten sie in den zwei Jahren mich bekommen.

Meine Mutter, ihr Name ist Ellen Golden, hatte mich mit dreiundzwanzig bekommen. Mein Vater Bob war damals achtunddreißig.

Wie gesagt, meine Mutter hatte noch nie Glück mit Männern gehabt. Als sie mit Bob noch verheiratet war, hatte der sie andauernd runtergemacht. Sie lief ihm wie ein Königspudel hinterher und bellte auf Kommando. Doch nach der Scheidung erblühte sie zu neuem Leben.

Wir zogen um, kauften uns ein Haus und fingen ganz von vorne an. Jetzt aber spielt sie sich nur noch als Boss auf und behandelt mich wie eine Gefangene. Das hat was mit ihrem Beruf zu tun. Seit ungefähr sechs Jahren arbeitet sie im Kommissariat von unserer Stadt. Dort hat sie zwar nicht viel zu sagen, doch im privaten Haus damit umso mehr.

Ich höre sie gerade, wie sie unten in der Küche das Essen macht.

Kochen! Eines von Mamas Hobbys. Sie liebt es! Sie erzählte mir, wie sehr sie sich wünschte, für ihren

Traummann zu kochen. Nun, leider darf ich ihr gegenüber meine Gedanken nicht preisgeben, aber ich finde, damit sie für jemanden kochen kann, sollte sie sich erst einmal trauen, jemanden anzusprechen.

Denn genau das ist eines von Ellens weiteren Problemen. Es gibt kaum eine noch schüchternere Person als Mama. Sie würde nicht einmal im Traum daran denken, einen Fremden einfach so, ohne Grund, anzusprechen. Das ist auch der Grund, warum sie seit der Scheidung mit Bob keinen anderen Mann hatte. Sie ist frustriert. Weint sogar, wenn sie denkt, ich würde in meinem Zimmer liegen und schlafen. Aber bekommen Sie mal eine Achtzehnjährige vor zweiundzwanzig Uhr ins Bett. Man kann sagen, es wäre schon fast unmöglich. Um diese Uhrzeit schreibe ich meistens oder lese. Aber auch das Telefon bleibt bei mir nicht still. Und verbieten kann man mir das sowieso nicht.

Mama versucht es oft. Sie behandelt mich wie ein kleines, zehnjähriges Kind. Ich weiß, dass sie sich Sorgen macht. Aber ich finde, sie sollte lieber auf sich selbst aufpassen, statt auf mich. Ich weiß, was ich zu tun habe und was nicht. Die einzige Person,

*die das nur nicht verstehen will, ist meine liebe
Mutter.*

*Wie schon gesagt, sie ist schwierig. Aber noch lange
nicht falsch. Bob war falsch. Er war nicht nur falsch,
er war unerträglich und einfach nur widerlich.*

*Mama hatte mir vor ein paar Jahren erzählt, dass
Bob sie nach meiner Geburt kaum noch berührt
hatte. Er hatte sie echt mies behandelt, als wäre sie
ein Stück Dreck. Wir beide sind froh, dass wir ihn
los sind.*

*Ich höre wie meine Mutter die Treppe hochgeht. Sie
will wahrscheinlich Bescheid geben, dass das Essen
fertig ist. Gut, das war's dann.*

„Jolene?"
Die Tür ging auf, als sie gerade ihr Tagebuch zuklappte.
„Komm runter. Das Essen steht schon auf dem Tisch."
Mit diesen Worten und einem kleinen Nicken gab sie
ihrer Tochter zu verstehen, dass sie aus ihrer
Traumwelt verschwinden sollte, um runterzukommen
und ihren Tagesablauf zu schildern.
„Ich komme gleich.", gab Jolene zu verstehen.
Die Tür ließ sie auf, ging wieder runter und setzte sich.
Auch Jolene begab sich nach unten.
„Wie war dein Tag?"
Sie setzte sich vor Ellen und betrachtete ihr Essen. Es
duftete wie immer herrlich!
„Ganz in Ordnung.", gab sie zur Kenntnis. „Es war heute
nicht viel los."

Ihre Mutter seufzte und begab sich ebenfalls zum Essen. Alles war leise. Nur das rappelnde Geschirr und das Radio, das irgendwelche Oldies spielte, waren zu hören. Stilles Beisammensein. Wie fast jeden Abend.

Beide Teller waren schon fast leer, als Ellen wieder zu Wort kam.

„Falls du demnächst wieder in die Stadt willst, bitte ich dich, Acht zu geben. Es ist schon wieder jemand verschwunden."

Jolene schaute kurz auf. „Ich weiß. Es ging schon in der Schule rum. Manche redeten sogar schon von einer Ausgangssperre."

Ellen nickte verständlich.

„Das ist nicht falsch. Drei Mädchen aus deiner Schule sind schon weg. Da ist es nicht verwunderlich, dass Sicherheitsmaßnahmen
ergriffen werden."

Jolene nickte, war aber nicht ganz damit einverstanden. Gelangweilt versuchte sie, ihrer Mutter zu entweichen.

„Ich räume ab und gehe dann hoch. Ich bin total müde." Sie stand auf, gähnte künstlich und stellte ihr Geschirr in die Spüle. Der Wasserhahn wurde aufgedreht und der Spüllappen in die Hand genommen.

Ellen trat hinter sie.

„Morgen ist doch keine Schule. Wollen wir vielleicht heute Abend irgendwo hingehen?"

Jolene verdrehte die Augen und ließ ihre Kommentare lieber bei sich.

„An was hast du gedacht?", fragte sie ihre Mutter, ihr den Rücken zugedreht.

Ellen merkte schon, dass ihre Tochter nicht viel Interesse daran hatte, und antwortete:

„An Kino eventuell. Aber ich glaube, es läuft heute sowieso nichts Gutes. Geh du lieber schlafen. Vielleicht können wir morgen etwas
zusammen unternehmen."
Jolene nickte übertrieben und stellte das Wasser ab. Sie drehte sich um und schaute in das enttäuschte Gesicht von Ellen.
„Ist was?", fragte sie ohne jegliches Interesse.
Ellen schaute ihr in die Augen. Es sah so aus, als würden ihre Mundwinkel schon gleich den Boden berühren.
„Jolene. Sag mir, wann haben wir das letzte Mal etwas zusammen unternommen? Ich habe Angst, bald gar nicht mehr an dich heranzukommen. Du verbringst den ganzen Tag entweder in deinem Zimmer oder in der Stadt. Wir sind die in den letzten paar Jahre nicht in den Urlaub gefahren. Wir haben gar nichts mehr voneinander."
Sie wollte weiter jammern, als Jolene sie unterbrach.
„Na gut. Wenn dir so viel daran liegt, gehen wir heute Abend ins Kino." Auch wenn Jolene keine Lust hatte, auf das weitere Gejammer hatte sie noch viel weniger Lust. Ellen hingegen strahlte.
In einer halben Stunde waren beide bereit. Sie stiegen ins Auto ihrer Mutter und fuhren in Richtung Stadt. Es war viel los. Die Menschen tummelten sich in den Fußgängerzonen. Die Autos spielten ihr Rennen auf den Straßen und überall hörte man den Lärm der Zivilisation. Jolene hasste diesen Lärm. Sie würde jetzt viel lieber in ihrem Zimmer sitzen und ihr Tagebuch weiterführen.

Der Kinobesuch war wie jedes Mal amüsant und langweilig zugleich. Das Popcorn war zu salzig, der Film kitschig, der Soundtrack zu laut und die Sitze so unbequem, als würde man auf einem kalten Stein verharren. Doch Ellen fand alles perfekt. Alles lief genau so, wie sie es sich erhofft hatte. Nur eines klappte nicht. Der Abend konnte noch so schön sein, Jolenes Laune würde dadurch auch nicht besser werden. Die Stadt war zum Glück nicht mehr so voll, wie vor zwei Stunden. Sie gingen die Fußgängerzone entlang und schauten in die geschlossenen Geschäfte.

Nach kurzer Zeit jedoch verschlechterte sich das Wetter. Jolene nahm den Geruch von Regen wahr und hörte das Donnern in den Wolken. Kurz darauf fielen auch schon die ersten Tropfen. Unter einem kleinen Vordach eines Cafés fanden sie Unterschlupf. Müde setzten sie sich auf eine der Bänke und stellten ihre übrig gebliebenen Snacks vom Kino zur Seite.

„Ist der Abend nicht schön?" Ellens Stimmung konnte von nichts zerstört werden. Jolene hingegen schaute sie träge an und erwiderte:

„Wie auch immer. Aber wenn ich ehrlich bin, würde ich jetzt gerne nach Hause fahren."

Ellen nickte und lächelte dabei.

„Wie du willst. Wenn der Regen nachlässt, suchen wir das Auto."

Ein Stöhnen kam von Jolene. Sie lehnte sich gegen die trockene Wand und packte ihren MP3-Player raus. Ellen dagegen saß kerzengerade und faltete ihr Hände auf ihrem Schoß. Aufgeregt wie ein kleines Kind betrachtete sie die vor dem Gewitter flüchtenden Menschenmengen.

Der Song *Poison* von *Alice Cooper*, eines ihrer Lieblingslieder, erklang laut in ihren Ohren. Ihre Blickte betrachteten die zunehmenden Pfützen und die Leute, die in sie hineinrannten.

Your mouth, so hot
Your web, I'm caught
Your skin, so wet
Black lace on sweat

Ihre Blickte wanderten weiter. Ein Mann mit einem langen, schwarzen Ledermantel stand auf der gegenüberliegenden Seite und schaute zu ihr. Ellen bemerkte ihn anscheinend nicht.

I want to love you but I better not touch
I want to hold you but my senses tell me to stop
I want to kiss you but I want it too much
I want to taste you but your lips are venomous poison

Ein lautes Donnern übertönte kurz *Poison,* ihr Blick weiter auf den unheimlichen Mann gerichtet. Er trug eine runde Brille mit dünnem Gestell, war groß und hatte nasses, mittelblondes Haar. Sein Blick, wie heißes Eis, brannte sich in ihr Gedächtnis. Mit jedem Lidschlag zog er sie mehr und mehr aus. Er würde nicht lange dort stehen bleiben.

You're poison running through my veins
You're poison, I don't want to break these chains

Und er kam näher. Schritt für Schritt. Jolene setzte sich aufrecht hin. Den Rücken weiterhin an die Wand gepresst. Sie riss die Augen auf. Der Mann wollte was von ihr. Er war ihr unangenehm. Nur noch ein paar Schritte dann war er da!

I hear you calling and it's needles and pins
I want to hurt you just to hear you screaming my name
Don't want to touch you but you're under my skin
I want to kiss you but your lips are venomous poison
You're poison running through my veins
You're poison, I don't wanna break these chains
Poison!

„Mama!"
 Sie riss ihre Stöpsel aus ihren Ohren und griff nach der Hand von Ellen.
„Was ist los?", fragte sie überrascht, aber mit einem noch ruhigen Ton. Jolene starrte weiter geradeaus. Der Mann war weg. Wie vom Erdboden verschwunden. Hatte sie sich das alles nur eingebildet? Das konnte nicht sein. Wie wild schleuderte sie ihren Kopf von der einen zur anderen Seite und hielt Ausschau.
„Jolene?" Ellen fing an, sich Sorgen zu machen. „Was ist mit dir los?"
Der Regen hatte zugenommen, anstatt zu verschwinden. „Wir müssen hier weg!" Sie sprang auf und zerrte ihre Mutter ins Nasse. Sie vermutete in jeder Seitengasse seine Hände, die nach ihr greifen und sie ins Dunkle ziehen würden. Total irritiert folgte Ellen ihrer Tochter durch die Straßen. Als sie das Auto erreichten, waren beide tropfnass. Sie setzten sich ins Auto. Jolene knallte mit aller Kraft die Türe hinter sich zu und atmete schwer. Ihr Asthma setzte ein! Ellen holte ihr Spray aus der Handtasche und reichte es ihr.

Keiner sagte etwas. Der Regen prallte gegen die Scheibe und gab dumpfe Laute von sich. Die vorbeifahrenden Autos verschlimmerten den Lärm noch. Ihr Atem wurde langsamer und gleichmäßiger.

„Was war das eben, Jolene?"

Jolene schüttelte ahnungslos den Kopf. Ihr war es peinlich, von dem unheimlichen Mann zu erzählen.

„Ich habe keine Ahnung. Ich hatte plötzlich Panik bekommen und wollte einfach nur weg."

Ellen nickte. Sie wusste im Inneren, dass ihre Tochter log.

Sie startete den Motor an und fuhr stumm los.

Zunächst würde Jolene *Poison* nicht mehr hören.

Zu Hause wollte Jolene nur noch ins Bett. Sie wünschte Ellen eine gute Nacht und schloss die Tür hinter sich. Sie zog ihre Sachen aus und machte sich bettfertig. Der Wind wehte laut und wirbelte alles auf, was lose auf dem Boden lag. Die Blätter raschelten und die Zweige des Gartenbaumes schlugen gegen die Fenster. Der unheimliche Mann. Jolene konnte sich nur an Teile seines Aussehens erinnern. Der Mantel, die Haare, die Brille und... dieser Blick! Das unheimliche Auftreten bereitete ihr jetzt noch Gänsehaut. Sie machte das letzte Licht auf ihrer Kommode aus und legte sich in Richtung Fenster. Die Lichter der vorbeifahrenden Autos durchleuchteten ihr Zimmer immer wieder. Sonst nervte sie das. Doch heute brauchte sie es. Wegen des unheimlichen Mannes. Jolene konnte sich die unmöglichsten und lächerlichsten Geschichten ausdenken und daran noch glauben. Was sie hatte, war Angst. Angst vor jemandem, der einer Schreckensvision ähnelte. War es vielleicht derjenige, der auch die anderen drei Mädchen aus der Schule verschleppt hatte? Was für ein Quatsch!

Da war keiner! Redete sie sich ein. Aber dennoch. Ganz würde sie es nie glauben.

Plötzlich hörte sie einen Schlag. Einen sehr lauten Schlag. Gefolgt von einem grellen Licht. Ein Blitz! Und gleich darauf der Donner. Das Gewitter musste wohl genau über ihnen sein. Ein Glück, dass sie jetzt nicht mehr in der Stadt waren.

Jolenes Blase meldete sich nach kurzer Zeit. Wie lange hatte sie geschlafen? Ein oder zwei Stunden höchstens. Sie wollte das Licht einschalten. Aber es funktionierte nicht. Stromausfall? Wahrscheinlich wegen des Sturmes. Sie schaute, bevor sie in den dunklen Flur trat, aus dem Fenster, mit gerader Aussicht auf die Straße. Es fuhren kaum noch Autos. Keine Menschenseele zu sehen. Sie ging weiter, um sich von dem Druck zu befreien. Ellen schlief schon längst. Das hörte man laut und deutlich. Außerdem hörte man noch das Plätschern auf dem Dach und das Krachen der Bäume außerhalb. Nach wenigen Minuten kam sie vom Bad wieder in ihr Zimmer. Sie sah ihr Tagebuch auf dem Schreibtisch liegen und nahm es in die Hand. Zur gleichen Zeit blitzte es wieder.

Was war das? Es hatte den Anschein, als hätte draußen auf der Straße jemand gestanden.

Ein vorbeifahrendes Auto wahrscheinlich. , dachte sie. Glaubte es aber nicht.

Sie hüpfte in ihr Bett und suchte in der Kommode nach einem Stift. Und da war es wieder! Eine Bewegung. Keine schnelle. Keine besonders auffallende. Jedenfalls für jeden, der keine Angst vor dem Schwarzen Mann hatte. Jolene ließ ihr Tagebuch auf dem Bett zurück und trat zum Fenster.

„Das war kein Auto!", flüsterte sie wütend. Aber was war es dann? Sie sah nichts. Oder jemanden. Und wieder blitzte es. Diesmal zuckte sie zusammen. Schnell drehte sie sich um und huschte in ihr Bett zurück, vergrub sich unter ihre Bettdecke und versuchte, in der Dunkelheit zu schreiben.

Heute Abend war einer meiner schlimmsten Abende, die ich jemals erlebt hatte! Ich habe einen Mann gesehen. Er unterschied sich kaum von den anderen. Nur ein Merkmal ließ ihn auffallen. Bei genauerem Hinsehen machte er einem eine tierische Angst. Er schaute mich durch seine runde Brille an, als würde er mich gleich fressen wollen! Das Komischste aber an diesem Mann war, dass es ihn in Wirklichkeit gar nicht gab. Schwer zu erklären. Ich war wahrscheinlich aus Langeweile wieder in meine Traumwelt geraten. Diese meinte, sie müsste mir einen Streich spielen. Nun sitz ich hier und habe trotzdem Angst. Angst vor einem Unbekannten!...

Sie setzte den Stift ab und hielt den Atem an. Irgendjemand hatte ihr Zimmer betreten. Und es war nicht Ellen! Die Türe fiel wieder ins Schloss. Und die Schritte wurden lauter. Jolenes Herzschlag wurde schneller. Sie konnte durch die Decke nur Umrisse sehen. Umrisse von einem Mann! Der unheimliche Mann!

Die Decke wurde in Sekundenschnelle hochgeworfen. Jolene wurde an beiden Armen gepackt und vom Bett runtergezerrt. Ihr Asthma setzte erneut in ein und hinderte sie, zu schreien. Sie hörte auch ihn schwer atmen. Mit den Beinen versuchte sie, ihn von sich wegzutreten. Doch er war eindeutig zu stark. Mit einem Schlag hatte er sie außer Gefecht gesetzt.

Game over.

4.

April 2002

Heute Morgen bekamen wir die Meldung, dass ein weiteres Mädchen in der Nacht vom dritten zum vierten April verschwunden ist. Jolene Golden, ein achtzehnjähriges Mädchen. In Jolenes Zimmer wurden Blutspuren von ihr auf dem Boden gefunden. Einbruchsspuren waren keine zu finden. Auffällig war nur ein gewisser Tagebucheintrag, der höchstwahrscheinlich kurz vor der Entführung aufgeschrieben wurde, in dem steht, dass Jolene Golden am gleichen Abend einen Mann gesehen hatte, der sie beunruhigte. Dass es der gesuchte Täter war, wird vermutet. Nun wird schon nach vier vermissten Töchtern gesucht. Die Polizei wird eine Ausgangssperre in den nächsten vierzehn Tagen einrichten, die besagt, dass ab 19 Uhr niemand unter 18 Jahren in die Stadt ohne Elternbeteiligung darf. Wie lange dies gilt, weiß noch keiner...

Ellen schaltete den Fernseher stumm und nahm einen
weiteren Schluck ihres Tees. Er war nur noch lauwarm.
Sie zeigten erneut das Foto von ihr. Ein Foto von Jolene.
Dann die bekannten Fotos der anderen vermissten
Töchter. Bis jetzt hatte sich aber noch niemand
gemeldet.
Sasch, die beste Freundin von Ellen, kam aus der Küche
mit ihrem Tee und setzte sich zu ihr. Freundschaftlich
legte sie den Arm um ihre Schulter.
„Jolene ist kein dummes, schwaches Mädchen. Sie wird
wiederkommen, glaub mir.", ermutigte sie Ellen. –
Ohne Erfolg. Ellens verheulte Augen starrten auf das
Foto im TV. Sasch seufzte und stellte den Tee sachte ab.
Ein paar Leute von der Spurensicherung kamen von
oben und hatten für heute alles erledigt. Sie traten zu
Ellen und packten dabei ihre Arbeitsmaterialien ein.
„Habt ihr irgendetwas finden können?"
Der eine zog langsam seine Kapuze ab und schaute an
ihr vorbei. Seine braunen Locken schimmerten vor Fett.
„Tut mir leid, Mrs. Golden. Außer Jolenes Blut konnten
wir nichts
Unnatürliches finden."
Ellen schüttelte den Kopf. „Dann schaut weiter nach!
Irgendetwas muss es geben!"
Der größere und muskulösere von den beiden kam zu
Wort:
„Wir sind hier schon den ganzen Tag. Wir haben keine
Fingerabdrücke, Fußabdrücke, Haare oder irgendwas
anderes vom Täter gefunden."
Der Fettkopf nickte zustimmend und meinte:
„Es tut uns leid. Aber mehr können wir für Sie und
Jolene nicht tun."

Sasch kam hinter ihr hervor und gab ihnen das Einverständnis zu gehen. Ellen drehte sich enttäuscht um und begab sich wieder zurück zum Sofa. Sasch machte den Fernseher aus. Die ganzen Vermisstenmeldungen würden ihr auch nicht weiterhelfen.

Am liebsten würde sie schreien. So laut schreien, dass sie jeder hört. Doch so viel Trauer und Wut hätten noch so viele Schreie nicht ausdrücken können. Diese Schmerzen in ihrem Herzen haben sich wie Zecken festgesaugt. Sie saugten jede letzte Hoffnung aus ihr heraus und infizierten sie mit immer mehr Depressionen. Sasch hatte zwar keine eigenen Kinder, jedoch war Jolene wie eine Tochter für sie gewesen. Sie hatte oft auf sie aufgepasst. In der Zeit, wo es noch Bob gab, hatte sie die beiden oft in ihrem Haus aufgenommen. Sie gehörte praktisch schon zur Familie. Und nun, ganz plötzlich, war Jolene verschwunden. Jeder sagt, dass sie weggelaufen wäre, Zeit für sich alleine haben wollte. Doch im Inneren wusste jeder, was passiert war. Sie wissen es, wie sie es bei den drei anderen Mädchen auch wussten. Alle auf mysteriöse Weise verschwunden. Keine Anhaltspunkte oder Nachrichten. Und keine von ihnen ist bis jetzt aufgetaucht. Keine Leiche wurde gefunden. Die Polizei schlug Ellen vor, sich mit den anderen Familien der vermissten Töchter in Verbindung zu setzen.

Für Ellen gab es in der Zeit nur ein Wort, das sie klar und deutlich plagte: *Wieso?*

5.

Januar 1983

Alles war still. Keiner wollte etwas sagen. Sie hatten
Angst.
Angst vor *Mr. Constable*. So nannten sie den gemeinen
Wachmann, der wie jede Nacht mit seinem
Schlagstock durch die Flure spazierte und nachschaute,
ob sie auch alle in ihren Betten lagen und schliefen.
Eigentlich war er ein normaler Aufseher dieses
Kinderheimes. Aber durch sein strenges Erscheinen,
seine Strafen und den Schlagstockes, den er immer mit
sich trug, hatte er von ihnen den Namen „Mr.
Constable" bekommen. Schon oft hatten sie seinen
Zorn zu spüren bekommen. Wenn nur einer auf die
Toilette musste und Mr. Constable auf dem Flur traf,
musste dieser bestraft werden. War Schlafenszeit,
durften sie auch nicht mehr reden.
Hätte Mr. Constable dies mitbekommen, wäre die
ganze Zimmergruppe bestraft worden.

Adam fühlte sich wie in einem Gefängnis. Unschuldig wurde er in diese Zelle voller schuldloser Gleichaltriger gesteckt, die genauso litten wie er.

Als sein Vater sich erhängte, zog Adam nach dem Essen sofort los. Er wanderte umher. Fuhr per Anhalter und aß in vielen verschiedenen Gaststätten. Nach ein paar Tagen aber ging ihm das Geld aus. Es war Winter und Adam hatte keinen Schlafplatz. Mit knurrendem Magen und Ringen unter den Augen fand er dieses Kinderheim. Sie sagten, sie könnten ihn für die harten Wintertage aufnehmen und ihn, wenn es wärmer würde, weiterziehen lassen. Nun sind zwei Jahre vergangen, und Adam saß immer noch an Ort und Stelle. Sie schlugen ihn und gaben ihm kein Essen, wenn er abhauen wollte.

Adam seufzte leise und drehte sich zur Seite, wo auch Nicolas einzuschlafen versuchte. Nicolas war ebenfalls ein *Wanderer*, wie sie sich nannten. Seit mehr als fünf Jahren saß er schon hier und konnte nicht weg. Mit einer schweren Grippe und einem gebrochenen Arm hatten sie ihn in der Stadt unter einer kleinen Brücke nahe der Müllkippe gefunden. Was genau passierte, wusste keiner. Er vertraute Adam nur an, dass er so ähnlich wie er, ohne Eltern, versuchte, ein normales Leben zu führen. Und wie sein Vater einst sagte, gab Nicolas ihm zu verstehen: Traue niemandem!

„Hey! Adam!" Er öffnete die Augen und sah in Nicolas´. Sein Ruf war ganz leise. Kaum hörbar. Und in genau der gleichen Lautstärke fragte Adam ihn, was los sei. „Ich kann nicht schlafen.", antwortete er. „Eben spazierte Mr. Constable wieder durch die Gänge. Ich habe seine Schritte gehört. Und er pfiff! Das heißt, er ist gut gelaunt!"

Normalerweise würde jeder denken, dass dies ein gutes Zeichen war. Doch das galt nicht für Mr. Constable. In dem Moment knallte auch schon die Türe auf und das Licht wurde angeschaltet. Nicolas und Adam schlossen gleichzeitig ihre Augen und versuchten, nicht aufzufallen.

Mr. Constable schrie: „Sofort alle aufstehen!"

Die Kinder gehorchten und öffneten ihre Lider. Gemeinsam traten sie vor ihre Betten. Barfuß und nur mit einer Hose und einem tagealten Unterhemd bekleidet, sahen sie ins grelle Licht, unter dem Mr. Constable stand. Und er hatte wie jede Nacht seinen Schlagstock dabei!

Aus welchem Grund störte er sie diesmal? Hatte er Nicolas und Adam gehört? Oder wollte er sie nur wieder wegen seiner guten Laune ärgern? Die Kinder mussten gerade stehen, durften nicht gähnen, sich bewegen, geschweige denn laut atmen! Ganz links vernahm Adam ein Aufstampfen und direkt danach einen Schrei. Mr. Constable hatte wohl die Absicht, ihnen allen auf die Füße zu treten. Sie hassten ihn dafür! Der Nächste war dran! Insgesamt waren sie zu fünft in einem Zimmer. Das Kinderheim, *das Gefängnis*, war rein für Jungs bis zum achtzehnten Lebensjahr gedacht. Ein Glück. Was hätte Mr. Constable sonst mit den armen Mädchen gemacht? Adams Gedanken schwebten weiter frei in seinem Kopf herum, bis sie von einem Netz, das bekannt war als die reine Realität, eingefangen wurden.

Mr. Constable stand direkt vor ihm!

„Was schaust du mich so verträumt an, Adam?" Er trat das erste Mal drauf! „Bist du noch in deiner Traumwelt?" Nun das zweite Mal. Adam versuchte, trotz des höllischen Schmerzes, nicht aufzuschreien. Dafür rannen ihm einzelne Tränen über die Wangen. „Heulsuse!", beschimpfte Mr. Constable ihn und schubste ihn zurück ins Bett. Sein letzter Kandidat war Nicolas. Ihn hatte es diese Nacht am schlimmsten getroffen.

Mr. Constable hatte seinen Stock in Gebrauch genommen.

Keiner wusste, warum Mr. Constable in dieser Nacht so ausgerastet ist.

Nicolas kam am nächsten Tag ins Krankenhaus. Zwei Rippen waren gebrochen und man stellte eine Gehirnerschütterung fest. Leider war so etwas keine Seltenheit.

6.

April 2002

Als Jolene wieder zu sich kam, war sie völlig orientierungslos und schrie! Sie hatte keine Schmerzen oder Wunden. Sie schrie allein aus Angst. Alles war dunkel. Rund herum waren kalte Wände. Ein unangenehmer Geruch drang ihr in die Nase. Es war Blut! Sollte sie schreien, damit sie jemand hört und ihr hilft? Oder sollte sie ruhig bleiben, wegen dem, der sie hierher gebracht hatte? Ganz egal. Ihre Hände waren feucht und klebrig, ihr ganzer Körper zitterte und ihr Kopf schien zu platzen. Ihre Schreie wurden plötzlich übertönt. Musik! Was sollte das? Wo befand sie sich? Ihre Luft wurde knapp. Sie durfte keinen Anfall bekommen. Niemand würde ihr helfen. Elektromusik schmerzte in ihren Ohren. Es tat weh. Und es war so kalt. So schrecklich kalt! Sie würde bald wieder umfallen. Ihre Müdigkeit würde sie zu Boden reißen, wo sie wieder ihr Bewusstsein verlieren würde. Das durfte nicht passieren! Der tiefe Bass vibrierte. Sie spürte ihn tief in ihrer Magengrube.

Langsam tastete sie sich die Wände hoch bis zum Stand. Doch sie war ganz wackelig auf den Beinen. Jeder Schritt kostete Kraft.

„Ich will hier weg!", sagte Jolene zu sich selbst. Sie durfte nicht lange hier verweilen. Ihr Entführer würde bald kommen und sie holen! Würde er ihr etwas antun? Oder bevorzugte er eine Geiselnahme? Egal was er wollte, er würde Jolene nicht bekommen. Nein! Niemals!

Blind schlich sie im Kreis. Suchte einen Ausgang. Aber da war keiner. Ein Kasten? Eine Zelle, die sich nur von außen öffnen würde?

„Scheiße!" Mit jedem Schritt entfernte sich die Hoffnung, rechtzeitig hier herauszufinden.

Der tiefe Bass des schnellen Songs erschwerte ihr das Atmen. Die hellen Töne erklangen schrill in ihren Ohren und alles andere machte sie klein und noch ängstlicher. Doch sie musste ruhig bleiben. Tief ein- und ausatmen.

„Verdammt, lass mich hier raus!", wimmerte sie.

Sie blickte nach oben. Nichts. Nirgends. Ein Kratzen in ihrem Hals meldete, dass sie nah an der Grenze war. Alles, was sie nun aufregen würde, könnte ihren Zustand verschlechtern und sie zu einer Ohnmacht, oder noch schlimmer, zum Tode führen. Sie hatte nichts dabei. Kein Spray oder sonstige Hilfen. Was würde sie für ein einfaches Glas Wasser alles geben! Sie schluckte und hielt sich den Hals warm. Ihre Adern pulsierten.

Und plötzlich! Ein Licht! Ein Spalt. Ihr Käfig wurde geöffnet. Aber von wem? Gut oder böse? Das würde sie gleich herausfinden.

Es war eine große quietschende Schiebetür. Licht drang herein. Sie blinzelte und hob den Arm hoch, um etwas zu sehen. Nichts. Niemand stand dort. Niemand sagte auch nur ein Wort. Jolene zögerte, stand dann auf und ging hinaus. Ein Flur. Nichts Besonderes. Kahle weiße Wände und ein mit Grau gefliester Boden, wo sich Staubreste sammelten und Spinnen in der Ecke ihr Netz spannen. Von einer weiteren Tür war nichts zu sehen. Ein langer Flur, der im Dunkel endete. Die Neonröhren oben an der Decke funktionierten nur zum Teil. Ein unangenehmes Flackern. Mit offenem Mund schritt sie den Gang entlang und versuchte, irgendeinen Anhaltspunkt zu finden, der ihr vielleicht weiterhelfen würde. Aber es gab keinen. Anscheinend musste sie wirklich nur diesen Flur entlanglaufen. Ihre inneren Handflächen waren voller Blut. Sie hinterließ einzelne Abdrücke an der Wand. War das ihr Blut? Sie fasste sich sachte an ihre Schläfe und zuckte vor Schmerz zusammen. Wohl eine kleine Platzwunde.

Es gibt Menschen, die andere Leute entführen, allein nur um mit ihnen zu spielen. War ihr Entführer so ein Mensch?

Die Musik wurde leiser. Immer leiser. Bis alles verstummte. Totenstille. Das beunruhigte sie. Ihre Schritte wurden langsamer. Mehrmals schaute sie nach hinten. Hatte er sich versteckt?

„Ich will nicht spielen! Ich will nur nach Hause!"

Ob er das gehört hatte, wusste sie nicht. Jedenfalls vernahm sie von weitem ein bekanntes Geräusch. Hatte dort jemand eine weitere Tür geöffnet? Sie kam um eine Kurve und blieb kurz stehen. Er könnte genau dort auf sie warten. Aber das wäre unfair. Natürlich nur, wenn es ein Spiel wäre.

Dort steht niemand! Redete sie sich ein, um sich Mut zu verschaffen.

Und sie hatte damit auch recht. Da war keiner. Aber etwas anderes. Ein Paket. Ein kleines, gewöhnliches Paket. War es für sie bestimmt? Ja! Ihr Name stand mit Großbuchstaben mitten drauf. Als sie es öffnete, fand sie drei Sachen. Ein Kleid, ein Paar passende Schuhe und einen von Hand geschriebenen Zettel. Der Mann hatte eine saubere Handschrift. Fast schon wie von einer Frau. Auf seinem kleinen Briefchen stand:

Ziehe es an. Du wirst wunderschön darin aussehen. Habe (keine) Angst.

Der letzte Satz machte ihr am meisten Sorgen.
„Er will, dass ich Angst habe.", war ihr Entschluss. Ein weiterer Entschluss war, dass sie das Kleid anzog. Sie wollte ihn nicht unnötig verärgern. Es war ein blaues Sommerkleid, mit dünnen Trägern. Es hatte ein dunkelblaues Muster, welches sie an das Meer erinnerte. Es reichte ihr bis zu den Knien. Ein wunderbarer Schnitt.

Den Zettel nahm sie mit, als sie weiterging. Doch merkte sie bald, dass der Flur ein Ende fand. Dafür erblickte sie eine Holztür. Groß und schwer. Sie machte einen Schritt zurück. Wer oder was würde sich dahinter befinden?

„Das ist so krank!", sagte sie entsetzt und riss die Tür auf. Eine angenehme Wärme und der Geruch eines brennenden Kamins kamen ihr entgegen. Ein kleiner Raum, verkleidet mit dunklem Holz und mit zwei altmodischen moosgrünen Sofas, einem runden Tisch, einem großer Wandschrank und einem Kamin auf der

38

linken Seite. Es machte einen freundlichen Eindruck. Der anonyme Zettel und die Holztür machten ihr vorhin Angst, nun aber hatte sie ein Gefühl von Geborgenheit. Sie schloss die Schreckenstür und betrat das Zimmer. Der alte Holzboden unter ihr knarrte leise. Stumm setzte sie sich vor den Kamin, um sich aufzuwärmen. Laut und deutlich vernahm sie das Knurren ihres Magens. Hunger wie auch Durst hatte sie. Ihre Augen wanderten zum Wandschrank. Sie überlegte nicht lange und ging zu ihm, um ihn zu öffnen. Er war nicht verschlossen. Als sie ihn aber öffnete, fand sie nichts weiter als... Alkohol? Wein. Nichts anderes. Ein ganzer Schrank voller Weinflaschen. Nur die letzte Tür ließ sich nicht öffnen. Doch war sie sich sicher, dass sich dort hinter nichts weiter als noch mehr Alkohol befand. Jolene schaute sich weiter um. Es gab aber nichts mehr. Der Raum war übersichtlich und gab keine Verstecke her. Sie wollte aus diesem Zimmer raus, doch als sie an die Schreckenstür kam, war diese verschlossen. Es wunderte sie nicht.

Was will er von mir? Seufzend setzte sie sich wieder. Ihr Blick wanderte erneut durch das Zimmer. Eine Kamera! Über dem Schrank. Er beobachte sie!

Was für ein Schwein! Unter der Kamera hing ein kleiner Zettel. Sie riss ihn ab und las ihn vor.

„Koste den Wein. Danach öffne ich dir die Tür."

 Sie schaute verwirrt in die Kamera. „Was zum Teufel schwebt dir im Kopf vor?!"

Sollte sie seinen Anweisungen folgen? Oder sollte sie solange warten, bis er zu improvisieren anfing? Warum wollte er, dass sie den Wein kostet? Und wie viel? Will er sie betrunken haben? Oder womöglich vergiften?

Sie konnte sich vieles denken. Würde er es ihr es abnehmen, wenn sie nur so tun würde, als wäre sie betrunken?

Ohne weiter darüber nachzudenken, öffnete sie den ersten Verschluss der nächstbesten Flasche und setzte kurz an. Kein Etikett. Was war das für einer? Ellen hatte Ihr verboten, Alkohol zu trinken. Sie wäre zu jung dafür. Jolene machte es nichts. Ihr schmeckte Alkohol sowieso nicht. Wenn überhaupt, musste er mit irgendwelchen Säften gemixt sein. Am allerliebsten trank sie eine kalte Cola. Wie sehr sie sich in diesem Augenblick eine herbeiwünschte!

Jolene wollte am liebsten die Flasche in Richtung Kamera werfen.

Sie setzte erneut an und schluckte das Zeug.

Koste den Wein.

Sie kostete ihn und er war überraschend köstlich. Die dunkelrote Flüssigkeit klebte auf ihren Lippen. War das wirklich Wein?

Er schmeckte so fruchtig-süß, gar nicht intensiv. Ein ganz neues Geschmackserlebnis.

Sie wusste nicht, wie viel Zeit vergangen war, als sie die letzten Tropfen trank. Alles schien in Ordnung zu sein. Sie fühlte sich sogar entspannt. Das Flackern des Feuers stimulierte sie. So lange, bis die Unverträglichkeit sich meldete. Ihr wurde übel.

Der Raum stank nach verschüttetem Alkohol und Erbrochenem, als sie nach hinten kippte. Jolene kauerte in der Ecke, lachte und weinte gleichzeitig. Sie wollte einfach nur noch nach Hause. Die angenehme Wärme in dem Raum schien sich zu verdoppeln und nahm ihr die Luft. Als sie das Schloss einer Tür vernahm, stellte sie das Wimmern ein. Sie sah, wie die zuerst

40

verschlossene Schranktür sich von selbst öffnete. Jolene konnte nicht aufstehen. Sie würde zwei Schritte machen und dann wieder zu Boden gehen. Der Alkohol kämpfte mit ihrer letzten Kraft gegen das Wachbleiben. Dafür musste auch ihr Verstand kämpfen. Sie zog sich stöhnend an der Wand hoch und stolperte zum Schrank. Dunkelheit. Nichts als Dunkelheit. Aber es war ein Gang, das erkannte sie. Es musste so sein. Sie streckte die Hand aus und fühlte die Kühle. Ein paar Schritte weiter, bis die Dunkelheit sie verschlang, dann musste sie sich erneut übergeben. Hinter ihr ging die Tür zu und ein Licht ging an. Ein rotes Licht. Die Kühle in diesem Gang tat ihr gut. Der Tunnel glich Katakomben. Jolene musste sich an beiden Seiten abstützen und kam nur langsam voran. Bis sie stolperte. Ihre Knie schlugen hart an einer Kante an. Schmerz ließ sie aufschreien. Es durchzog den ganzen Körper. Alles an ihr zitterte. Wütend rieb sie über ihr Knie. Der Schmerz hörte nur langsam auf. Zögernd tastete sich voran. Eine Treppe? Wo zum Teufel war sie? Das Licht wurde dunkler. Beinahe war es ganz aus. Auf allen vieren kletterte sie hinauf. Jolene hatte das Gefühl, auf einer niemals endenden Treppe zu sein. Alles drehte sich. Dann aber sah sie einen kleinen Lichtspalt. Eine Tür. Helles Licht, wie vorhin, als sie aus dem Käfig kam, traf sie. Dazu noch ein Schlag auf den Hinterkopf. Und wieder war alles schwarz.

7.

August 1986

Adam fühlte, wie die Sonne seine Wangen wärmten. Er
roch das frisch gemähte Gras, auf dem er lag. Es war
noch leicht feucht und es würde bestimmt Ärger geben,
wenn sich später Grasflecken auf seinen Klamotten
befinden würden. Aber es war ihm egal. Es war ein so
schöner Tag und von Mr. Constable keine Spur. Er war
heute Morgen in die Stadt gefahren, um mit dem
Personal aus der Küche frische Lebensmittel zu kaufen.
„Wenn ich die alleine fahren lassen würde, hätten wir
nur Schrott zu essen!", fluchte er jedes Mal.
Nicolas seufzte zufrieden. Er lag direkt neben Adam,
verschränkte seine Arme hinter dem Kopf und schloss
die Augen. Er genoss den Frieden genauso. Ein blau-
gelber Bluterguss zeichnete sich auf Nicolas´ rechter
Wange. Es sah aus wie eine Kriegsbemalung von
Indianern.
Adam brannte die Frage in seiner Kehle danach, was Mr.
Constable getan hatte. Er wusste nur, dass er gestern
beim Abendessen wütend in den Saal stampfte, Nicolas

noch kauend von seinem Sitzplatz hievte und ihn mit in sein Zimmer zog. Keiner der anderen Aufseher sagte etwas. Sie und die Kinder aßen gehorsam weiter, ohne auch nur einen Blick zu riskieren, so sehr fürchteten sie sich vor Mr. Constable.

„Hast du schon mal ein Mädchen geküsst?"

Adam schaute ihn mit großen Augen an. Wie kam er denn auf solch eine Frage?

„Wann hätte ich das tun können?", antwortete er lachend.

Nicolas, noch etwas schläfrig, öffnete seine Augen, drehte sich zu Adam und stütze seinen Kopf mit seinem Arm ab.

„Ich hab auch noch nie eins geküsst. Würdest du es gerne tun?"

„Ich weiß doch gar nicht, wie sich so etwas anfühlt. Ich weiß nicht, ob ich das will. Der Gedanke, Speichel von einem Mädchen in meinem Mund zu haben, ekelt mich eher an."

Nicolas grinste und ließ sich wieder auf den Rücken fallen.

„Ich habe gestern Mr. Constable aus dem Flurfenster beobachtet."

„Welches zum Ausgang zeigt? Wieso hast du das gemacht?

Wann?"

„Gestern vor dem Abendessen. Er stand vor dem Tor mit

einer Frau."

„Und du hast sie beobachtet?"

„Jap. Ich kam gerade vom Klo, als ich zufällig rausschaute. Und da standen sie. Zuerst haben sie geredet. Aber dann wollte Mr. Constable sie wohl küssen. Total hektisch! Und dann hat sie ihm eine gedonnert!" Adams Augen weiteten sich.

„Eine Frau hat Mr. Constable geschlagen!"

„Ja, es war eine normale Ohrfeige, ich glaube nicht, dass sie ihm wehgetan hat. Aber ich musste so lachen! Sie stampfte wütend zu ihrem Auto und fuhr ohne Worte weg. Mr. Constable schaute ihr hinterher wie ein zurückgelassener Hund!" Nicolas fing an zu lachen. Dabei schmerzte sein Gesicht und er hielt sich die Wange.

„Daher die blauen Flecken?"

Nicolas zuckte mit den Schultern.

„Als er sich umdrehte, um ins Haus zu gehen, hat er mich wohl gesehen. Ich hab versucht, mich zu ducken als er hinaufschaute. Anscheinend war ich zu langsam."

Adam verstand nun, warum Mr. Constable so wütend auf Nicolas war. Er hatte die Demütigung mitangesehen. Das war ihm peinlich.

„Ich dachte schon, er schlägt mich blind!"

„Es sieht auch nicht gut aus. Was sagt die Schulschwester?"

„Sie hat es sich nicht angeschaut. Ich glaube, da steckt Mr. Constable dahinter."

Blutergüsse, Knochenbrüche oder Krankheiten mussten von jedem einzelnen Kind dokumentiert werden. Diese werden dann weitergeschickt, um zu überprüfen, wie diese zu Stande kamen. Wie genau das abläuft, wusste keiner. Mr. Constable hatte leider großen Einfluss auf die Schulschwestern und konnte selbst entscheiden, welches Kind angeschaut wurde und welches nicht.

Adam ging davon aus, dass Nicolas nicht nur einen riesigen Bluterguss, sondern auch eine Gehirnerschütterung hatte.

„Ich glaube, ich würde schreiend weglaufen, wenn ein Mann wie Mr. Constable versuchen würde, mich zu küssen!", sagte Adam.

Nicolas lehnte sich wieder zur Seite und schaute auf. Es waren nicht viele Kinder auf der Wiese. Den meisten war es zu warm und sie spielten in ihren Zimmern. Nicht mal ein Aufseher war da.

Nicolas schaute wieder zu Adam. Mit seinem zerzausten blonden Haar lag er da. Adam hatte eine braune kurze Hose an. Dazu sein verwaschenes weißes Hemd, welches er schon lange besaß.

Nicolas schmunzelte. „Und was wäre", fing er an, „wenn ich dich küssen würde?"

Adam schaute ihm direkt in die Augen. Nicolas hatte Angst, ihn verängstigt zu haben. Ihn mit dieser Frage als Freund zu verlieren. Aber er musste ihn fragen! Schon lange loderte es in ihm.

„Du möchtest mich küssen?"

„Ja." Er zog tief die Luft ein. Adam schien ruhig zu bleiben. Er lachte ihn nicht aus oder beschimpfte ihn. Er schaute Nicolas nur tief in die Augen. Seine sanften blauen Augen. Gutmütige Augen.

„Darf ich?"

Adam nickte zustimmend.

Nicolas schaute ein letztes Mal flüchtig umher, damit auch keiner sie beobachtete. Dann rutschte er näher zu Adam. Er lag ruhig auf dem Rücken, die Hände auf seinem Schoss gefaltet.

Nun berührten sich ihre Körper. Adam atmete schneller als erwartet.

Auch Nicolas Puls beschleunigte sich.

Er legte eine Hand sachte, leicht zitternd auf seine Brust, beugte sich über Adam und küsste ihn sanft. Adam schloss dabei seine Augen. Seine Lippen erwiderten den Kuss. Sein Mund öffnete sich einen Spalt. Die Hitze strömte bis in Nicolas´ Hose. Dieses Gefühl hatte er noch nie! Langsam schloss er seinen Mund und löste seine Lippen von ihm.

Adams Mund war noch leicht offen. Seine Augen öffneten sich und blickten ihn an. Dann lächelte er. Alles war gut!

Auch Nicolas lächelte. Er schaute langsam an Adam herab, und bemerkte, dass auch er das Feuer bis nach ganz unten spürte.

Zwei Jahre später...

Adams und Nicolas Liebe entfachte. Sie versuchten leise zu sein, aber Nicolas´ Stöhnen feuerte ihn nur noch mehr an. Sie waren alleine, hatten sich auf den Dachboden geschlichen. Dort in einer kleinen Ecke hatten sie ihr Liebesnest. Adam lehnte sich gegen eine alte verstaubte Kommode. Seine Haut glänzte vor Schweiß. Nicolas, am Anfang noch ganz schüchtern, überkamen die Wellen der Lust, als er sein steifes Glied in den Mund nahm. Es vibrierte leicht, wenn er stöhnte, was Adam noch verrückter machte. Nicolas krallte sich in seine Pobacken und verwöhnte ihn so gut er konnte. Das Stöhnen wurde lauter und es würde nicht mehr lange dauern, bis Adam kommen würde. Mit der Zunge umspielte er seine Eichel ein letztes Mal. Er stand auf. Konnte die Gier in Adams Gesicht sehen. Einzelne Haarsträhnen klebten in seinem Gesicht. Er drehte

Nicolas sachte um. Er beugte sich vor, lehnte sich gemütlich auf die Abstellfläche der Kommode und ließ ihn eindringen.

Sie hatten es schon so oft getan.

Er wurde schneller, passte aber auf jede Reaktion von Nicolas auf, damit er ihm nicht wehtat. Nicolas flehte ihn an noch schneller zu werden. Adam könnte ihm niemals wehtun! Er wurde noch schneller. Man konnte das Klatschen laut hören. Jene Vorsicht war ihnen egal geworden.

Sie stöhnten laut. Nicolas wand sich unter ihm. Es war ein so schönes Gefühl, als er kam. Er krallte sich in seinen Rücken, während Nicolas anfing, seinen Hodensack leicht zu massieren. Seinen Kopf ließ er behutsam auf Nicolas´ Rücken fallen und küsste ihn sanft.

Beide atmeten schwer. Spürten den schnellen Pulsschlag des anderen. Adam wollte nicht aus Nicolas raus. Er wollte noch für ein paar Sekunden seine Wärme spüren, als plötzlich das Licht eingeschaltet wurde.

Erschrocken schauten sie beide auf. Blinzelten und konnten nichts richtig erkennen.

„Was zum Teufel!" Mr. Constable!

„Das kann ja wohl nicht wahr sein! Sehe ich da richtig?" Adam glitt langsam aus Nicolas und verlor das Gleichgewicht. Er fiel auf die durchgelegene Matratze auf den Boden und suchte nach Mr. Constable. Er stand noch am Eingang. Man hörte ein anderes Klatschen. Sein Schlagstock, den er in seine Hand drohend schlug.

„So etwas Ekliges habe ich in meinem Leben noch nicht gesehen!", schrie er. Nicolas zitterte am ganzen Leib.

Verängstigt sucht er seine Klamotten zusammen. Adam tat es ihm nach. Mr. Constable kam näher.

„Ja! Zieht euch ja an! Ich will eure gottverdammten Schwänze nie mehr sehen!"

„Es tut uns leid. Bitte!" Das war Adam. Zugleich kam der erste Schlag mit Mr. Constables Stock. Er hatte ihn am Kopf erwischt. Seine Lippe blutete.

„Bitte, hören Sie auf.", flehte Nicolas.

Mr. Constables trat näher und packte ihn im Nacken. Mit einem festen Tritt traf er ihn am Schritt. Nicolas stieß schmerzend die Luft in seinen Lungen aus. Mr. Constable grinste und trat ein weiteres Mal zu. Danach ließ er ihn zu Boden fallen.

„Am liebsten würde ich sie euch abschneiden! Mein Gott! Wenn ihr ein paar Mädchen hier hochgeholt hättet, dann hätte ich vielleicht sogar noch mitgemacht. Aber das hier!" Er spuckte auf Nicolas hinab.

„Ekelhaft!!!" Er trat auf Adam mehrere Male ein. Dann holte er weiter mit seinem Schlagstock aus. Sein Atem wurde lauter. Bald war er außer Puste. Hustend strich er sich den Schweiß von der Stirn. Adam lag reglos auf der Matratze. An mehreren Stellen seines Körpers blutete er.

„Adam?" Nicolas krabbelte zu ihm, wissend, dass die nächsten Schläge ihm galten. Er berührte Adams Arm und rüttelte ihn. Er reagierte nicht. „Adam!"

„Halt die Schnauze!" Und er schlug erneut auf Nicolas ein. So lange, bis auch er sein Bewusstsein verlor.

Sie wussten nicht, wie lange sie geschlafen hatten. Es war stickig und warm. Die Sommerhitze sammelte sich unter dem Dach. Nicolas wachte zuerst auf. Seine beiden Augen waren geschwollen und schmerzten. In seinem Mund schmeckte er Blut. Er hatte immer noch Adams Arm in der Hand.

„Oh verdammt! Adam?" Er rüttelte erneut. Seine Schulter schmerzte.

Diesmal bewegte er sich. Er zog seinen Arm näher heran und versuchte, sich aufzustützen. Sein gesamter Körper zitterte.

„Nicolas?"

„Wie fühlst du dich?"

„Ich habe Durst."

Nicolas versuchte, sich umzudrehen und aufzustehen. Beides dauerte sehr lange und war mit Schmerzen verbunden.

„Wir müssen hier raus. Es ist unerträglich heiß!"

Auch Adam versuchte, sich aufzurichten. Sein Gesicht sah aus wie Mus. „Ich glaube, meine Nase ist gebrochen.", sagte er.

Nicolas grinste. „Ich glaube, meine auch."

Er angelte sich an der Wand entlang zur Tür. Mit letzter Kraft zog er an dem Türgriff. Sie ließ sich nicht öffnen.

„Nein!"

„Was ist?"

Nicolas drehte sich zu ihm um.

„Er hat die Tür verriegelt."

Adam schaute ihn flehend an. „Er hat uns hier eingeschlossen? Wir werden eingehen bei der Hitze!"

Nicolas versuchte es erneut an der Tür. Adam kam langsam zu ihm und versuchte es genauso. Sie war definitiv abgeschlossen.

„Aber wir müssen doch in den Unterricht."

„Wir müssen als Erstes mal zu einem Arzt! Wer weiß, was er uns alles angetan hat!"

Sie legten sich beide wieder auf die Matratze und warteten.

Als die Sonne untergegangen war und es dunkel auf dem Dachboden wurde, hörten die beiden ein leises Klicken. Die Tür wurde geöffnet. Mr. Constable stand an der Schwelle. Was in seiner Hand war, musste man nicht mehr erwähnen.
Er gab ihnen was zum Trinken. Danach wieder Schläge bis zur Ohnmacht. Erst den Tag darauf ließ er die Tür für sie offen.

8.

April 2002

„Scheiß Wetter!", sagte Mr. Sunday, als er aus dem Fenster blickte und die verregnete Straße sah. Er wandte sich mit schlechter Laune seiner Arbeit zu und blickte davor nochmals kurz in die Runde. Aufgefallen war ihm Ellen Golden, mit ihren verheulten Augen starrte sie auf den Desktop ihres PCs und versuchte ebenfalls zu arbeiten. Doch ihr Blick wanderte immer wieder zu dem danebenstehenden Foto von ihrer Tochter Jolene. Genau diesen Fall hatte er aufgetragen bekommen. Genauso wie die Sache mit den anderen entführten Mädchen. Er schaute auf die Unterlagen, die auf seinem Schreibtisch lagen.

Keins der Mädchen hatte etwas mit dem anderen zu tun. Sie gingen nur alle auf die gleiche Schule und wohnten alle hier in der Stadt und Umgebung.

Von allen gingen sie aus, dass sie noch lebten. Was in Wahrheit eigentlich nur ein Hoffen war.

„Mr. Sunday."

Er schreckte auf und starrte nach oben. Ellen stand vor ihm.

„Ja?"

„Ich hatte Sie gefragt, ob Sie noch einen Kaffee haben wollen."

Er ließ die ganze Luft aus seinen Lungen und setzte seine Brille ab.

„Nein danke, Mrs. Golden."

Er dachte, hoffte, sie würde wieder verschwinden. Doch sie blieb stehen. Den Blick ebenfalls auf die Unterlagen der Entführten gerichtet.

„Mrs. Golden? Kann ich Ihnen irgendwie behilflich sein?"

Ihr Gesicht war blass wie Kreide. Augenringe waren zu sehen. Ihre Augen waren rot und ihre ganze Körperhaltung zeigte eine kaputte Frau.

„Finden Sie Jolene!", meinte sie. „Irgendwelche Hinweise auf den Täter muss es doch geben!"

Mr. Sunday konnte nichts weiter tun, als mit dem Kopf zu schütteln.

„Müsste, ja. Aber bei allen Tatorten haben wir nichts gefunden. Aber das wissen Sie bereits. Wenn wir irgendetwas herausfinden, sind Sie die Erste, der wir Bescheid geben."

Und jetzt verschwinden Sie endlich!

Ellen war für ihn nichts weiter als eine Nervensäge. Eine durchaus attraktive Nervensäge. Aber eine...

Nervensäge.

Sie schaute ihn wie einen kleinen, bettelnden Hund an, der ihm die ganze Zeit schon lästig war.

„Nun gut.", sagte sie und nickte dabei traurig.

Warum suchen Sie nicht selbst?!

„Ich will Sie dann nicht weiter stören."

Genau das tun Sie aber!

„Das tun sie nicht."

Ellen drehte sich schweigend um und stolzierte wieder zu ihrem Arbeitsplatz.

Ich hasse diesen Job!

Er blickte wieder hinab. Es schlug ihm ins Gesicht! Seine Haltung versteifte sich.

Kann es sein? Ob es wichtig war?

Jolene, wie auch alle anderen entführten Mädchen, hatten dunkles Haar, fast alle hatten die gleiche Größe, so um die 1.75 m. Alle waren ein klein wenig mollig und, nach Aussagen der Eltern, lebten sie zurückgezogen. Das heißt, sie verbrachten oft Tage allein oder waren sehr stumm oder zurückhaltend. Suchte der Entführer nach einer Sorte von Mädchen, die ihm womöglich gefällt? Das wäre ein Anfang. Glücklicherweise trat in diesem Moment Thomas, sein Vorgesetzter, an seinen Tisch.

„Gibt es schon etwas Neues?" Erkundigte er sich.

„Ich bin mir nicht ganz sicher, aber ich vermute, dass all seine Opfer etwas an sich haben, was ihm gefällt."

Thomas verstand kein Wort. Daraufhin zeigte er ihm die Passfotos.

„Schau mein Lieber. Alle haben die gleichen Haare, die gleiche Statur und alle leben eher zurückgezogen. Anscheinend gefällt ihm das!"

Thomas zuckte mit den Schultern. Sein Blick zeigte, dass er desinteressiert war.

„Ich weiß nicht, Robert. Viele sehen so aus. Kann sein, dass ihm Dunkelhaarige mehr anturnen, aber das hilft uns auch nicht viel weiter."

Thomas war nicht nur sein Vorgesetzter, er war auch noch ungünstigerweise sein jüngerer Halbbruder. Er hatte die Hälfte seines Wissens im Kopf und bekam trotzdem schneller eine Beförderung als Sunday selbst. Ob es unfair war? Das interessierte ihn kaum. Er hasste sowieso seinen Job. Mit seinem Job wäre er bestimmt nicht zufriedener gewesen.

Thomas schaute sich nochmals die Passfotos an, schüttelte den Kopf und warf sie wieder auf den Tisch.

„Also mein Geschmack sind sie nicht. Alle vier sehen aus wie irgendwelche Emo-Tanten, die nichts weiter tun, als in der Ecke zu hocken und sich nicht aus dem Haus trauen."

Erst jetzt vernahm Thomas Ellen, die sich hinter ihm befand und zuhörte. Die Frau hatte Nerven!

Na toll!

Sunday gab ihm noch schnell ein Zeichen, ja nicht weiter zu reden.

Thomas drehte sich daraufhin mit einem verschwitzten Lächeln um und sah ihr in die verheulten Augen.

„Oh Ellen."

Ihr Blick genügte, um ihre Wut zu erkennen.

„Jolene ist ganz bestimmt keine Emo-Tante. Und auch wenn es so wäre, würde es sie einen Scheißdreck angehen!" Sie richtete ihren Blick zu Thomas und schimpfte weiter:

„Langsam reicht es. Egal um welchen Fall es geht. Ihr könnt euch nur lustig machen und nichts ernst nehmen! Ich gehe jetzt.

Wir sehen uns morgen wieder!"

Sie holte sich ihren Mantel vom Harken und zog ihn beim Hinausgehen an. Noch von weitem hörte man das Schlagen der Tür.

„Thomas, du bist ein totaler Vollidiot!"

„Wieso ich? Sie hat sich doch so aufgeregt."

9.

Dezember 1988

Silvester! Der Himmel war beleuchtet von tausenden
Raketen. Von weitem hörte man es krachen und pfeifen.
Und in der Nähe hörte man die Stimme von Mr.
Constable! Nicolas und Adam sind geflohen. Sie wollten
endlich frei sein! Aus dem schrecklich großen Gebäude
hatten die beiden es jedenfalls geschafft. Würden sie es
jetzt noch bis zur Stadt schaffen, hätten sie es
überstanden. Vor ihnen lag ein kleiner Wald, den man
in einer halben Stunde durchqueren konnte. Das
Problem war nur: Es war dunkel und sie hatten kein
Licht. Der Boden war nass vom Schnee und die Kälte
unerträglich. Sie brannte auf der Haut. Ihre nackten
Füße spürten sie kaum noch. Die Brust schmerzte und
ihre Köpfe dröhnten.
„Bleibt stehen! Ihr kleinen Teufelskinder!", hörte man
ihn von weitem fluchen. Nicolas und Adam hielten sich
an den Händen, damit sie sich nicht verlieren oder sie
sich, wenn jemand abrutschte oder stolperte, auffangen

konnten. Die zurückgebliebenen Kinder im Heim drückten ihnen die Daumen, dass sie es schafften. Sie versprachen ihnen, dass sie sie retten würden, wenn sie später genug Geld hätten. Nicolas und Adam hatten sich vorgenommen, viel zu arbeiten, um sie freizukaufen. Aber erst einmal mussten sie an sich denken. Würde Mr. Constable die beiden jetzt schnappen, würde er sie mit Sicherheit totprügeln! Es war ein Wunder, dass sie es aus dem Haus geschafft hatten. Das Fenster, aus dem sie kletterten, war um die zwei bis drei Fuß vom Boden entfernt. Geholfen hatte der hohe Schnee. Er hatte ihren Aufprall gedämpft. Danach der Maschendrahtzaun. Ein weiteres Hindernis, was man alleine nur sehr schwer schaffen würde. Beide waren nicht gerade sportlich. Doch zu zweit kamen sie drüber. Adams Knöchel schmerzte. Bei dem kleinen Sturz über den Zaun war er rechts umgeknickt. Seinen kleinen Aufschrei hatte Mr. Constable bemerkt.
Sie rannten in den Wald, als würden sie einen Marathon laufen. Der Gewinner bekam die Freiheit. Nicolas und Adam wollten beide als Gewinner ans Ziel gelangen. Sie hatten ausgemacht, würde einer von ihnen von Mr. Constable geschnappt werden, würde der andere mit zurück ins Heim kommen. Die Jahre, die sie zusammen verbracht hatten, haben sie zusammengeschweißt.

Ein paar hundert Fuß vor ihnen sah man die ersten Lichter der Stadt. Adam hörte die Autos hupen und die Menschen reden, singen und lachen. Ein Lächeln wurde auf ihren Gesichtern breit. Mr. Constable hörten sie kaum noch.
Wir haben ihn abgehängt.

56

Trotzdem rannten sie weiter. Immer weiter. Bis der Wald endete. Lachend schmissen sie sich in den Schnee. Weinend umarmten sie sich. Die Leute, die ein paar Schritte weiter neben ihnen standen, angetrunken und in guter Stimmung, schauten die beiden überrascht an. Das war ihnen egal.

Wir werden hart arbeiten und uns alles kaufen, was wir uns wünschen.

Sie schauten sich in die Augen. Der Schnee war kalt. Trotzdem blieben sie liegen.

„Mein Freund.", sagte Adam mit voller Stimme.

„Wir haben es geschafft!"

In diesem Moment wurden Adam und Nicolas an den Haaren aus dem Schnee gezogen.

„Nein!" Das durfte nicht passieren. Mr. Constable hatte hier kein Recht, ihnen etwas zu tun. Doch die Leute, die sie eben noch verwirrt angesehen hatten, schauten nun streng weg, als würden sie nichts sehen.

„Gehen sie weg! Wir sind frei!"

Mr. Constable lachte nur.

„Was mach ich nur mit euch zwei? Eine deftige Strafe wäre nicht schlecht."

Er ließ Nicolas wieder in den Schnee fallen und zog Adam noch härter an sich ran.

„Was wäre besser als eine Trennung? Los Nicolas, geh in deine Gosse, zu deinen Freunden, den Pennern zurück!"

Er konnte sie nicht trennen. Nicht Nicolas und Adam! Auch Nicolas sah seine Entscheidung nicht ein. Mr. Constables Lachen verschwand und er trat wie wild auf den Jungen ein.

„Verschwinde endlich!"

Nicolas konnte nichts weiter tun als wegrennen. Beim Rennen hörte Adam ihn noch rufen: „Ich werde dich retten!"

Dann war er weg. Genauso wie Adams Nerven verschwanden. Er brach zusammen und weinte. Schrie und weinte seinen inneren Schmerz raus. Aber er hatte sich in sein Herz hineingebrannt. Mr. Constable gab Adam eine Ohrfeige und schrie ihn an:

„Heulsuse! Hör auf zu schreien! Du machst dich lächerlich! Nun komm. Wir gehen nach Hause!"

Wieso unternahm keiner was? Warum half uns keiner? Oh Nicolas, lass mich bitte nicht mit ihm alleine!

 Er packte ihn erneut an den Haaren.

„Ein neues Jahr, Adam. Freu dich!"

Sein neuer Start ins Jahr fing damit an, dass Mr. Constable ihn zurück ins Heim nahm, ihn in den Keller warf, wo sein geheimes Alkohollager stand. Er setzte sich vor den selbst gebauten Kamin und genoss erst einmal ein Glas, *eine Flasche,* Wodka zum Aufwärmen. Danach holte er, besoffen wie er in der Nacht war, seinen Schlagstock raus und schlug Adam. Wenn er Pausen machte, dann nur, um noch mehr Alkohol zu trinken. Als ihm das Schlagen zu anstrengend wurde, meinte er, er müsste ihn in seine kleine Kammer stecken bis zum Morgengrauen. Es war dunkel, eng und feucht. Am Morgen ließ er ihn dann los. Adam sollte alle Flure putzen und in der Küche mithelfen. Am Abend dann, als alle, auch Adam, ins Bett sollten, holte er ihn wieder runter in sein privates Zimmer. Die gleiche Prozedur. Jede Nacht.

10.

April 2002

Langsam öffnete sie ihre Augen. Ein schwaches Licht war im Raum verteilt. Ein kleines, gemütlich eingerichtetes Zimmer im typischen Stil des 19. Jahrhunderts.

Jolene lag auf einem langen Sofa aus weichem, roten Samt. Schweigend setzte sie sich auf und blickte umher. Das Zimmer war dunkel und mit schweren Möbeln eingerichtet. Eine weinrote Teppichwand, Holzschränke gefüllt mit Porzellan, gleich aussehende Sofas auf jeder Seite und ein kleiner, runder Holztisch mit einem weißen Häkeldeckchen in der Mitte. Ein Geruch von Tee lag in der Luft. Sie konnte keinen klaren Gedanken fassen, als die Tür sich mit einem Schwung öffnete. Jolene verkrampfte sich und blickte zur geöffneten Tür. Unfassbar!

„Ein Glück! Du bist wach!", sagte sie und ging mit schnellem Schritt auf sie zu.

Sie war es! Jolene setzte sich kerzengerade hin und blickte sie verwirrt an.

Sie erkannte das Gesicht.

„Ich bin Jasmin. Wir gehen auf die gleiche Schule."

Sie wurde als Drittes entführt. Und sie lebte!

„Du wurdest entführt! Genau wie ich. Wo sind die anderen zwei?"

Jasmin wandte ihren Blick kurz von ihr. Jolene vernahm ein leichtes Schmunzeln in ihrem Gesicht.

„Tot."

Oh nein, bitte nicht!

Jolene glaubte nicht, was sie da sagte. Jasmin bemerkte das Entsetzen in ihren Augen.

„Ja, nicht sofort. Er sucht sich immer eine aus. Immer die, die ihm am wenigsten gefällt."

Was meinte sie damit?

Jasmin setzte sich zu ihr und schaute ihr in die Augen.

„Entschuldige auch wegen des Schlages. Das war wohl eine kleine Panikreaktion von mir. Ich hatte gedacht, du wärst *Er*."

„Wer?"

Jasmin grinste kurz.

„Na wer wohl. Der uns hierhin gebracht hatte. Keine Ahnung, wie er heißt. Musstest du auch so komische Sachen machen?"

Jolene nickte. „Ich sollte mich betrinken."

Jasmin warf ihren Kopf lachend in den Nacken. Fand Sie das etwa lustig?

„Tut mir leid. Ich werde hier noch verrückt. Seit bestimmt zehn Tagen laufe ich hier im Haus herum. Aufgewacht bin ich auch hier in diesem Raum. Ich sollte mich genauso betrinken. Zur Verfügung hatte ich Whiskey und Bier. Hier hatte es gerochen wie in einer Kneipe!"

Sie schluckte kurz und machte dabei ein grunzendes Geräusch, dann erzählte sie weiter.

„Ich hatte seine Forderung erfüllt. Er schloss mir kurze Zeit später alle Türen auf. In der Zeit, wo ich mich betrank fand ich auch seine Kameras. Die hat er hier überall aufgestellt. Er beobachtet uns. Rund um die Uhr. Ich hab mich umgesehen, alle Fenster sind zugemauert. Selbst die Haustür. Und die Kellertür war auch verriegelt. Als sie sich plötzlich öffnete, dachte ich, *Er* würde kommen, aber zum Glück warst
es nur du."

Jolene schaute sich nochmals um und fand auf dem linken Schrank die Kamera. Die gleiche wie unten im Keller. Sie wandte sich wieder an Jasmin.

„Jasmin, warum glaubst du, sind die anderen tot?"

„Weil ich sie gesehen hab!"

Jolene erschauderte. „Wo?"

Jasmin musste wieder kichern.

„Jetzt hat er die Leichen natürlich weggebracht. Beide befanden sich im Esszimmer. Ich glaube, sie wurden erschossen."

In Jolenes Magen drehte sich alles.

„Glaubst du, er wird das Gleiche mit uns machen?", fragte Jasmin kichernd.

Jolene aber schaute sie ernst an.

„Findest du das komisch oder was?"

Jasmin nickte zustimmend.

„Ihm gefällt es anscheinend. Wieso hätte er mich sonst so lange am Leben gelassen."

Sie ist verrückt geworden!

Jolene stand auf und ging im Raum umher. Sie spürte den unangenehmen Druck in ihrem Kopf. *Danke, Jasmin!*

„Ich wüsste gerne, was er genau mit uns vorhat. Du nicht?"

Jasmin stand ebenfalls auf und hing sich in Jolenes stützenden Arm ein.

„Ich weiß es nicht. Ich will es auch nicht wissen. So lange ich lebe, ist es mir egal."

11.

April 2002

Ellen konnte nicht schlafen. Sasch war schon vor zwei Stunden nach Hause gefahren. Nach der Szene auf ihrer Arbeit ist ihre Hoffnung noch mehr geschwunden. Sunday wie auch alle anderen dort würden keine der vier Mädchen je finden. Sie scherten sich einen Dreck um die armen Mädchen! *Emo-Tanten* hatte er sie genannt. Und schon wieder brachen die Tränen aus. Sie saß allein im Wohnzimmer. Stille. Eins der Dinge, die sie an Jolene vermisste, war selbst die laute Musik, die sonst immer aus ihrem Zimmer kam.

Meine geliebte Tochter.

Rock-Musik hatte Sie gemocht. Laute Gitarren. Bands wie Metallica, Alice Cooper und wie sie alle hießen. *Wenn ich dieses Schwein finde, der mir meine Jolene weggenommen hat, bring ich es um!*

In diesem Moment klopfte es plötzlich an der Haustür. Ellen, von dem lauten Klopfen erschrocken, blickte rasch zur Tür.

„Wer ist da?"

63

„Hier Sasch. Los Ellen, mach auf!"

Als sie die Stimme von ihrer besten Freundin hörte, rannte sie zur Tür und öffnete sie.

Eine lange Umarmung trat danach ein.

„Ellen, ich habe gute Neuigkeiten."

Ellen hatte Sasch natürlich erzählt, was auf der Arbeit abgelaufen ist. Sie fand es genauso unfassbar.

„Ich habe jemanden für dich, der Jolene vielleicht finden könnte!", meinte sie.

Ellens Mimik erhellte sich.

„Komm rein. Wer ist es?"

Sie setzten sich ins Wohnzimmer. Ellen platzte fasst vor Neugier.

„Sein Name ist McSeery. Er ist neu in der Stadt. Aber er soll gut sein!"

So schnell neue Hoffnung entstand, so schnell verschwand sie auch wieder.

McSeery. Von dem hatte Ellen auch schon so einiges gehört. Engländer soll er sein. Ziemlicher Egoist. Nun lebt er draußen auf dem Feld. In einem riesigen Haus. Er hätte, so sagt man, die Stadt erst einmal besucht. Niemand wusste, was er tat. Einige hatten ihn schon für den Entführer gehalten. Doch die Polizei hatte ihn geprüft. Er ist *clean*.

„Nein, ich glaube, das wäre nicht so gut."

Doch Saschs Optimismus schwand nicht.

„Du darfst dem Geschwätz der anderen keinen Glauben schenken. Du weißt, dass sie gerne übertreiben."

Damit hatte sie recht!

„Aber wie soll er mir bei dem Fall helfen?"

Saschs Optimismus steigerte sich noch mehr.

„Weil gesagt wird, dass er in London selbst als Detektiv gearbeitet haben soll. Und er wäre ein Ass in seinem Job gewesen!"

Oh, ein zweiter Sherlock Holmes. Wie war das mit der Sache: „Du darfst dem Geschwätz der anderen keinen Glauben schenken?"

Ellen schüttelte ungläubig den Kopf.

„Danke Sasch, ich weiß, du meinst es nur gut. Aber ich glaube nicht, dass dieser McSeery mir weiterhelfen könnte."

Für einen kurzen Moment schwieg auch Sasch. Sie schaute sie bittend an, ihren Vorschlag zu überdenken. Diesen Blick hatte Sasch sehr gut drauf!

„Nun gut. Ich werde mit ihm reden.", seufzte sie schließlich.

Sasch stieß einen kurzen, aber lauten Freudenschrei aus.

„Wir werden sehen, wie gut dein „Ass" aus London ist."

Am nächsten Morgen fuhr Ellen aufs Feld zu dem „Ass" Detektiv. Das Haus hatte seine besten Jahre schon hinter sich gebracht. Für Ellen hatte es eine Ähnlichkeit mit irgendeinem Gruselhaus aus einem schlechten Horrorfilm. Das Gras wurde schon lange nicht mehr gemäht, die Wände waren voll von Spinnenweben und Dreck, die Fensterläden knarrten laut und Blätter lagen zerstreut am Boden und wurden weiter vom Winde verteilt.

Ellen würde es nicht wundern, wenn sich herausstellen würde, dass McSeery irgendein Wahnsinniger wäre. Sie wusste nicht genau warum, aber den Film *The amitiville Horror* hatte sie schon die ganze Zeit im Kopf. Jolenes liebstes Genre. Horrorfilme… Wo sie das herhatte, konnte sich Ellen beim besten Willen nicht erklären.

Sie öffnete das kleine Tor vor dem Haus und schritt die Treppen hinauf zu einer großen Holztür. Nach dem dritten Läuten gab sie es auf. Insgeheim war Ellen froh, dass er nicht zu Hause war. Sie wandte sich wieder vom Haus ab und trat zum Auto. Sie wollte gerade einsteigen, als sie ein raues „Hey!" vernahm.

Ein Mann, wohl Anfang dreißig, groß und mit dunklem Haar, stand vor der Tür und blickte sie mit leerem Blick an. Ellen schloss erneut die Autotür und schritt zum Tor. Sie hatte sich ihn viel älter vorgestellt.

„Was wollen Sie, Mrs...?"

„Golden... Mein Name ist Ellen Golden."

„Und was wollen Sie, Mrs. Golden?", fragte er, ohne in irgendeiner Weise freundlich zu klingen. Er mochte wohl keinen Besuch.

„Es geht um einen Fall. Ein Fall, bei dem die Polizei mir nicht helfen kann.", fing sie an.

„Und aus einer sicheren Quelle habe ich gehört, dass Sie früher in London Detektiv waren, und..."

„Und Sie wollen mich jetzt bestimmt fragen, ob ich ihnen bei diesem Fall helfen würde?"

Ellen nickte.

Doch McSeery schüttelte nur den Kopf.

„Tut mir leid, aber ich war nur in England der Super-Detektiv. Hier bin ich nichts weiter, als ein normaler Bürger."

Er hatte vor, seine Tür wieder zu schließen, als er die Tränen in Ellens Gesicht sah.

„Oh nein, nicht weinen, bitte." Seine Stimme wurde sanfter. Doch sein Blick taute nicht auf.

„Kommen Sie rein. Vielleicht kann ich Ihnen ja doch ein bisschen helfen."

Ellen, mit ihren roten, verheulten Augen, trat in das Haus von McSeery. Es war in einem etwas älteren Stil eingerichtet. Das meiste in hellen Blau-Tönen. Ganz anders als der äußere Schein.

Sie folgte ihm ins Wohnzimmer. Dort setzten sie sich.

„Mrs. Golden. Erzählen Sie mir von Ihrem Fall."

Ellen erzählte. Mit allen Details, die sie von der Arbeit her kannte. McSeery hörte ihr genau zu. Ihre Worte klangen voller Liebe und Hass zugleich. Ihre Blicke fielen auf alle Gegenstände im Raum, nur nie in seine Augen.

„... und deshalb bitte ich sie, mir zu helfen."

Er schaute sie wortlos an, stieß Luft aus und holte aus seiner Hosentasche ein Päckchen Marlboro raus.

„Wollen sie auch eine?"

Ellen schüttelte den Kopf. Sie verlangte keine Zigarette, sie verlangte eine Antwort!

„Ich habe von den Entführungen gehört. Wenn ich ehrlich bin, habe ich mir auch schon Gedanken darüber gemacht." Er nahm einen Zug und erzählte weiter.

„Überlegen Sie, Mrs. Golden. Es ist gar nicht so schwer. Schauen Sie sich nur alle entführten Mädchen an. Alle haben eine gewisse Ähnlichkeit. Alle stammen aus derselben Stadt. Vom Täter keine Spur. Man hat auch keine Leichen gefunden."

„Worauf wollen Sie hinaus?"

McSeery grinste.

„Der Entführer ist nicht aufs Töten aus. Er sucht!" Seine Augen leuchteten, als wäre er von der Story begeistert.

„Er sucht nach ihr! Dem perfekten Mädchen. Vier Stück stehen zur Auswahl. Wer von ihnen schafft es bis ans Ziel. Wer nicht?" Noch ein tiefer Zug.

„Und was passiert mit den Gewinnern und den Verlierern? Mrs. Golden, Ihre Tochter ist nicht tot. Jetzt noch nicht." Er glich einem Moderator in einer Horrorshow.

Ellen sog die Worte und deren Bedeutung auf wie ein vertrockneter Schwamm.

„Wie werde ich ihn finden?"

McSeery zuckte mit den Schultern. Sein Leuchten verschwand.

„Ich sagte doch. Ich hatte mir nur ein paar Gedanken gemacht."

Er ist gut. Sasch hatte recht. Er könnte ihr helfen. Aber nur, wenn er Lust dazu hatte.

Ellen holte ihre Brieftasche aus ihrer Seitentasche und legte ihm hundert Dollar auf den Tisch.

„Helfen Sie mir weiter, McSeery. Dafür, dass Sie sich nur ein paar Gedanken gemacht haben, finde ich das alles sehr logisch. Sie wissen, wo der Entführer stecken könnte. Bitte, verraten Sie mir sein Versteck!"

McSeery grinste gierig. Seine Finger zuckten. Doch er nahm das Geld nicht an.

„Mrs. Golden, glauben sie mir. Ich bin nicht der Beste. Die Polizei wird das schon regeln und ihre Tochter finden.... Es tut mir leid."

Er hob seinen Arm und richtete ihn zum Ausgang.

Ellen erhob sich und schritt deprimiert zur Tür.

„Und Mrs. Golden, vergessen Sie nicht, was ich Ihnen erzählt habe.

Es könnte nützlich sein."

Ellen schwieg und schloss die Tür.

12.

November 1989

Sein neunzehnter Geburtstag. Und damit seine
Freilassung! Selbst Mr. Constable konnte dagegen
nichts sagen. Die Luft draußen war kalt und frisch. Der
Himmel war bewölkt und ein leichter Nieselregen war
für den ganzen Tag angekündigt worden. Aber selbst,
wenn es draußen stürmen und die Welt untergehen
würde, Adam würde rausgehen. Raus in die Stadt, um
Nicolas zu suchen.
Die Verabschiedung im Heim verlief schnell. Mr.
Constable hatte sich den ganzen Morgen schon in
seinem Zimmer verkrochen. Wie ein kleines Kind
verhielt er sich, dem sein Lieblingsspielzeug aus der
Hand gerissen wurde.
Ein großer Seesack wurde ihm zugereicht. Klamotten,
Geld und seine Pässe. Mehr wurde ihm nicht gegeben.
Das machte aber nichts. Er würde selbst nackt und
ohne Geld in die Stadt gehen. Als er den ersten Schritt

aus dem Gelände tat, stieß er den lautesten Schrei seines Lebens aus. Einen Freudenschrei! Er war frei! Frei von alldem, was ihm in den letzten Jahre zum Hindernis wurde. Das Heim und vor allem der Aufseher. *Bye bye, Mr. Constable. Ich hoffe, wir werden uns nie wiedersehen!*
Er ging dieses Mal den langen Weg. Nicht wie das letzte Mal mit Nicolas durch den Wald. Er wollte es genießen. Die Stille. Die Freiheit. Seine Freiheit.

Doch es lief nicht so wie er es wollte. Nicolas war verschwunden. Er wollte doch auf ihn warten, oder? Aber wo? Niemand konnte ihm bei seiner Suche helfen. Allein wanderte Adam in der Stadt umher. Er hatte das Gefühl, von jedem angestarrt zu werden. So viele fremde Menschen war er nicht gewohnt.
Er dachte, er könnte in das Haus seines Vaters zurückkehren. Aber als er dort ankam, musste er feststellen, dass es neu vermietet war. Also nahm er sich für den Anfang ein Hotelzimmer.
Wo zum Teufel war Nicolas? Befand er sich noch in der Stadt? Im Land? Wo war er? Sein bester Freund. Sein einziger Freund.
Die Nacht konnte er nicht schlafen. Der Lärm der Stadt dröhnte ihm in den Ohren. Im Nachbarzimmer wohnte ein junges Paar, welches laut und vergnüglich seine Leidenschaft miteinander teilte. Ein Hund bellte irgendwo in der Nähe des Hotels und in der Küchenzeile summte der Kühlschrank.

Müde von der Schlaflosigkeit und verärgert wegen des Lärms stand er vom Bett auf und zog sich an. Ein langer Spaziergang würde ihm guttun.

Draußen war es kalt. Man konnte seinen eigenen Atem sehen. Er ging in jede einzelne Seitengasse. Der Wind peitschte ihm ins Gesicht und der Boden war überflutet von riesigen Pfützen. An einer Ecke wurde es laut. Eine Bar hatte vollen Betrieb. Eine kleine Band. Die Sängerin war trotz ihrer Fülle bezaubernd. Dunkles Haar hing ihr bis zu den Hüften. Ihre Haut strahlte im Licht. Ihre Stimme war zwar rau aber stark. Er kannte die Sprache, in der sie sang, nicht. Verzaubert von der unbekannten Schönheit lehnte Adam sich gegen die gegenüberliegende Hauswand, schloss seine Augen und ignorierte die Kälte wie auch alles um sich herum. Nur ihre Stimme ließ er in sich eindringen.

Sing my angel of music.

Bis ihn plötzlich eine Hand am Arm packte und sanft rüttelte.

„Adam?"

Es war keine Einbildung. Nicolas stand direkt vor ihm.

Er riss die Augen auf und schaute in das rot angelaufene Gesicht seines verschollen geglaubten Freundes. Zufall oder Schicksal, dass Adam nicht Nicolas, sondern Nicolas Adam fand.

Sofort lagen sie sich in den Armen.

„Mein Freund! Da bist du ja endlich!"

Adam nickte. Freudentränen rannen ihm über die Wange. Seine Worte steckten in seinem Hals fest.

„Mein Freund, du erfrierst hier draußen noch. Komm rein und trink einen mit mir!" Schlug Nicolas freudig vor. Er hatte schon ein paar Gläser hinter sich.

Die Sängerin,- mit ihrer individuellen Stimme machte eine kurze Pause und trat zu Nicolas und Adam. Von nahem sah sie noch schöner aus.

„Adam, darf ich vorstellen: Mickaela. Die wohl beste Sängerin und Freundin, die ich bisher kennengelernt habe!"

Seine Freundin, dieser Glückspilz!

Sie lächelte freundlich und gab ihm die Hand. Dabei kam ein leises „Hallo" aus ihr heraus.

Auch Adam nickte nur mit einem zaghaften Lächeln.

„Mickaela, das ist Adam. Er und ich waren in diesem verflixten Heim. Ich habe dir doch davon erzählt, oder?"

„Mehr als nur einmal." Diese Stimme!

Sie hatte einen südländischen Akzent, der ihre Stimme sehr betonte. Dies machte es noch interessanter, ihr zuzuhören.

„Es ist gut, dass du jetzt da draußen bist.", sagte sie und legte ihren Arm freundschaftlich über Nicolas und Adams Schulter.

„Trinken wir darauf!", meinte sie laut und bestellte drei Gläser.

Sie prosteten „Auf unsere Freiheit!" und tranken das Zeug wie Wasser. Es war das erste Mal, dass Adam Alkohol trank. Er fand schnell Gefallen daran.

Stunden vergingen und Adam fühlte sich wie neugeboren. Er lachte und feierte, wie er es in seinem Leben noch nie tat.

Später in der Nacht verabschiedete sich Mickaela von ihren Zuhörern, stieg von der Bühne runter zu den Jungs und lehnte sich müde an Adam.

„Ich liebe euch, Jungs!", meinte sie lachend und strich sich die Haare nach hinten.

„Jeden von euch, total!"

„Daraus könnte was werden.", sagte Nicolas und zwinkerte Adam grinsend zu.

Mickaela lehrte ihr erst nachgeschenktes Glas und blickte in die Runde.

„Dann gehen wir hoch und lassen was draus werden.", schlug sie vor, nahm die beiden an den Armen und zog sie hinter sich her.

Durch eine Hintertür gelangten sie zu einem engen, kalten Flur. Rauchfrei und sauber.

„Da hoch." Sie zeigte schwankend auf eine enge, steile Holztreppe mit schmalen Stufen. Es dauerte lange, bis sie in ihrem Zustand diese hinter sich hatten. Adam war noch etwas unsicher, dagegen war Nicolas wie ein ungebändigtes Tier. Mickaela, immer noch locker und mit einem unbezahlbaren Lächeln im Gesicht, schloss ihre Wohnung auf und ging ins Dunkle hinein.

Nicolas und Adam hielten kurz inne.

„Mein Freund, nun beginnt für dich das Leben. Genieße es!"

 Das waren seine letzten Worte. Er stürmte hinein und war in der Dunkelheit verschwunden. Freudig schrie Mickaela auf. Adam trat ein paar Sekunden später hinein, schloss die Tür hinter sich und hörte Mickaela lachend auf etwas Weiches wie ein Bett oder ein Sofa fallen, während Nicolas verstummt war. Adam trat näher, bis er Nicolas leise flüstern hörte.

„Adam, na komm!" Hörte er ihn sagen.

„Ist er schüchtern?"

„Für ihn ist hier das alles noch neu."

„Helfen wir ihm."

Adam wurde am Arm hinunter zu Boden gezogen. Es war Mickaela. Nackt!

Noch nie hatte er die nackte Haut einer Frau berührt. Ihre weiche, wohl duftende Haut. Er war im Paradies! Er war *frei*!

13.

April 2002

Wie eine Reiseführerin zeigte Jasmin ihr das Haus. Es war riesig! Drei Bäder, sechs Schlafzimmer, mehrere Wohnräume und eine riesige Küche.
Sie befanden sich im zweiten Stockwerk, wo es einen langen, breiten Flur gab. Der Holzboden unter ihnen knarrte, als sie darauf marschierten.
„Dein Zimmer ist ganz hinten, neben Mickas.", meinte Jasmin und zeigte geradeaus.
„Wieso?"
„Dein Name steht an der Tür."
Jolene gefiel es nicht. Man behandelte sie wie Spielzeug. Als wären sie nichts weiter als Puppen.
„Und wer ist Micka?"
„Ich hab keine Ahnung.", sagte sie und zuckte mit den Schultern.
„Aber ihr Name steht neben deiner an der Tür."
Jolene blickte beunruhigt auf, weiter bis in den dunklen Schatten, der sich auf der anderen Seite des Flures

bildete, dort, wo keine Lampe mehr brannte. Ein ungutes Gefühl kam auf.

„Du hast Micka noch nie gesehen?"

Jasmin warf ihr langes, braunes Haar zurück und schüttelte übertrieben den Kopf.

„Nein. Sie war vor mir und den anderen da. Die Tür ist verschlossen. Es steckt auch kein Schlüssel von innen. Wir glaubten, der Raum sei leer."

Egal was Jasmin glaubte. In Jolenes Kopf brauten sich neue Horrorgeschichten zusammen. Mickas Raum war nicht verlassen! Ihr Gefühl sagte ihr, dass sie dort eingesperrt war.

14.

April 2002

Ellen lag, ein Foto von Jolene fest umklammert, in ihrem Bett und starrte aus dem Fenster hinaus auf die Straße. Ihre Gedanken suchten eine Person, die dem Entführer gleichen könnte. In der Stadt war Jolene plötzlich so durcheinander und wollte unbedingt von diesem Platz weg. Hatte ihre Tochter gewusst, was mit ihr passieren würde? Ist sie vor ihm weggelaufen? Aber warum hatte sie nichts von all dem erzählt? *Ach Jolene, warum bist du bloß immer so schweigsam.* Hinten in Ellens Zimmer ging leise die Schlafzimmertür auf. Sasch blieb über Nacht bei ihr.

Nachdem sie gehört hatte, wie es bei McSeery abgelaufen war, schüttelte sie nur ungläubig den Kopf. „Nein, er wird dir helfen, da bin ich mir sicher. Vielleicht ist er heute nur mit dem falschen Fuß aufgestanden.", war ihr Argument.

Sasch hatte ihr einen Tee hinaufgebracht, den sie ihr reichte. Ellen nickte dankend und griff mit beiden Händen die Tasse, ohne das Foto von Jolene wegzulegen.

„Der Mann erscheint mir unsympathisch. Ich mag ihn nicht. Und ich glaube nicht, dass er mir weiterhelfen wird.", protestierte sie schwach.

Sasch setzte sich rechts neben sie und blickte in ihr verheultes Gesicht.

„Wir werden morgen nochmals zu ihm fahren. Und wir werden ihn dazu bringen, uns zu helfen. Nun mach dir keinen Kopf darum."

„Meine Tochter ist entführt worden! Wie soll ich da einen klaren Kopf
bewahren? ... Verdammt!" Etwas heißer Tee tropfte auf ihre Knie.

„Ich bin mir sicher, dass es ihr gutgeht. Ellen, du weißt wie sie ist. Sie hat sich noch nie von jemandem etwas sagen lassen. Jolene blieb immer sie selbst und ließ sich nie zu etwas zwingen."

Ellen nickte zustimmend.

Jolene war zwar still, aber immer selbstbewusst und ließ sich von niemanden bevormunden. Nicht einmal von ihrer eigenen Mutter. Das machte so manche Tage nicht einfach. Aber so sind Töchter nun einmal. Wenn man ihnen sagte, sie sollten im Haushalt mithelfen, fanden sie immer Gründe, dies nicht zu tun. Jolene war nicht anders. Doch machte sie nie Blödsinn. Sie mochte nie lang wegbleiben. Ihr Zimmer reichte ihr völlig. Ihr Zimmer war wie ihre eigene Welt. Ihre Privatsphäre, die Ellen ihr niemals nehmen wollte.

„Ich vermisse sie so sehr!"

Sasch legte mitfühlend den Arm um sie und hielt sie lange Zeit.

„Ich auch, Ellen."

15.

Mai 1994

„Ich mache immer wieder denselben Fehler! Ich friere
und denke mir, ich lasse lieber nur heißes Wasser in die
Wanne. Dies tu ich dann auch. Aber dann! Dann, wenn
ich hineinsteigen will, ist es so heiß... so heiß, dass ich
mich fast verbrenne! Das heißt, ich muss wieder ein
bisschen Wasser ablassen, um kaltes Wasser
hineinzugehen. Aber...“
Mickaela, die wieder mal zu viel getrunken hatte,
erzählte von ihren Problemen, die weder Nicolas noch
Adam interessierten. Seit vier Jahren lebten die drei nun
zusammen. Sehr harmonisch. Sie hatten in ihrer
Dreierbeziehung feste Standpunkte.
 Nicolas, mit seiner guten Ausbildung, hatte einen Job
in der Stadt gefunden. Er brachte das meiste Geld mit
nach Hause.
 Mickaela sang weiterhin schon seit über sieben Jahre in
der gleichen Gaststätte unter ihrer Wohnung, jedes
Wochenende. Und Adam war für die Wohnung und die

Mahlzeiten verantwortlich. Er hatte sein Talent gefunden. Kochen. Er hatte zwei Abendkurse besucht. Er zauberte das perfekte Essen auf den Tisch. Jeden Tag was anderes. Und er liebte neue Ideen.

„Nun ist das ganze heiße Wasser verschwunden!", hörte Adam sie aus dem Badezimmer rufen. Mickaela saß in ihrer Wanne und drehte wie verrückt am Wasserhahn. Die Flasche Rotwein daneben durfte man nicht vergessen.

„Anscheinend hast du schon das ganze warme Wasser aufgebraucht, mein Liebes." Hörte man wenige Sekunden später aus dem Schlafzimmer, wo Nicolas, ebenfalls angetrunken, versuchte, eine Krawatte zu binden.

Adam, der einzig Nüchterne im Raum, saß mit seinem Glas Wasser im Wohnzimmer, genau zwischen Badezimmer und Schlafzimmer. Beide Türen waren offen. Sie waren immer offen. Er sah von seinem Sessel aus Mickaela nackt in der Wanne sitzen, die versuchte, nicht umzukippen, und Nicolas, der verzweifelt vor dem Spiegel stand, das Hemd noch aus der Hose.

„Big wheels keep on turning, carry me home to see my kin, singing songs about the southland. I miss ole bamy once again and I think it's a sin."

Mickaela fing an, *Sweet home Alabama* zu singen. Obwohl es eher ein Lallen war als Gesang.

Trotzdem hörte es sich gut an. Ihre Stimme hatte sie von einem Engel geerbt. Das waren ihre Worte. Sie sah ihre eigene Mutter als Engel. Der schönste Engel, der jemals auf die Erde kam, und dass ihr Vater sie sehr lieben musste. Aber leider war dieser schöne Engel nicht in der Lage, lange zu leben. Sie verstarb kurz nach Mickaelas Geburt. Damals lebten sie noch in Spanien.

Ihr Vater schickte sie mit fünfzehn nach Amerika zu ihrem Onkel, dem eine deutsche Gaststätte gehörte. Zumindest sollte sie einer deutschen Gaststätte ähneln. Bis heute hat sie von ihrem Vater nichts mehr gehört. Trotzdem hatte sie noch kein einziges böses Wort über ihn verloren.

„Adam!", hörte er Mickaela rufen. Er schaute fragend zu ihr.

„Adam, komm zu mir." Sie wedelte so heftig mit dem Arm, dass Wasser aus der Wanne schwappte. Adam gehorchte und stand auf. Er setzte sich auf einen alten Klappstuhl, der neben der Wanne stand. Sie lächelten sich an. Es war ein schöner Anblick, Mickaela so zu sehen.

Sie lächelte herzlich und sang.

„Sweet home Alabama where the skies are so blue. Sweet home Alabama, Lord, I'm coming home to you."

Sie lehnte sich zurück und legte die Arme am Rande der Wanne ab. Ihr Körper war zum Teil bedeckt mit weißem Schaum. Einzelne Hautstellen ragten hervor.

„Ich liebe dich, mein Schatz.", nuschelte sie.

In dem Moment kam Nicolas ins Bad.

„Wie viel Uhr ist es?"

„Kurz nach acht."

Nicolas verzog das Gesicht.

„Scheiße, Adam hilf mir mal."

Es war nicht gut, Nicolas angetrunken zur Arbeit zu lassen. Aber verbieten konnte man es ihm auch nicht. Er half ihm mit dem Anzug, den Schuhen und packte seine ganzen Sachen in den Aktenkoffer. Um halb neun verließ Nicolas die Wohnung. Mickaela musste erst heute Abend wieder singen.

„Now Muscle Shoals has got the Swampers. And they have been known to pick a song or two. Lord, they get me off so much, they pick me up when I'm feeling blue, now how about you... Ciao Nicolas. Lieb dich."

Sie hatte gar nicht mitbekommen, dass Nicolas schon seit ein paar Minuten aus dem Haus war. Adam ging wieder ins Bad, nahm sein Glas Wasser mit und reichte es Mickaela.

„Trink ein bisschen Wasser, und nicht ständig Rotwein."

Sie lachte und nahm einen kleinen Schluck. Kurz danach aber nahm sie wieder den Rotwein zur Hand.

„Mickaela, ich mein es ernst.", sagte er streng. Mickaela konnte aber nur lachen.

„Lass mich doch, Adam. Was ist daran so schlimm? Du magst das doch, gib es zu und trink mit mir."

Adam wusste zwar, dass es nicht richtig war, doch nahm er die Flasche und einen großen Schluck. Er wollte nicht der einzige Nüchterne sein.

Er setzte sich kurze Zeit später mit in die Wanne. Beide massierten sich und schäumten sich ein. Daraus wurde schnell ein Liebesspiel. In nur zehn Minuten war das ganze Bad überschwemmt. Das hinderte die beiden aber nicht daran, weiterzumachen.

Mittendrin sang Mickaela weiter. Sie wurde immer lauter. Man konnte am Ende nicht mehr zwischen dem Song und dem Stöhnen unterscheiden. Adam, der nun nicht mehr so nüchtern war, gefiel dies. Er sang ein paar Zeilen mit, obwohl er den Text kaum konnte.

Nach ungefähr ein oder zwei Stunden lagen sie erschöpft in der Badewanne, im lauwarmen Wasser und ruhten.

Viele Tage liefen so ab. Fast jeden Tag waren alle drei betrunken, jeden Tag hatten sie Sex, jeden Tag wurde gefeiert. Und wenn einer fragte, antworteten sie: „Wir sind frei! Wir können tun und lassen was wir wollen!" Bis eines Tages ein Brief von Nicolas Agentur eintraf. Sie kündigten ihm.

Der Morgen ging schon für alle drei regelrecht in die Hose. Mickaela lag mit Kopfschmerzen im Bett, eins der Wasserrohre unten im Keller war über Nacht geplatzt und als wäre das nicht schon schlimm genug, regnete es draußen in Strömen.
Nicolas und Adam versuchten schon den ganzen Morgen, das alte, verrostete Rohr zu flicken, als der Postbote oben im Empfang eintraf.
Er war ein alter Freund von Mickaelas Onkel und bestellte erst einmal einen Kaffee zum Aufwärmen.
„Guten Morgen Nicolas, Adam." Trotz seines fröhlichen Tons merkte man, dass er eine schlechte Nachricht hatte. Nicolas putzte sich die nassen Hände an seiner Jeans ab und trat zum Tresen.
„Was gibt es Neues, mein Freund?", fragte er mit ruhiger Stimme.
Adam trat vor den Tresen und lehnte sich an einen der Hocker. Auch Mickaelas Onkel kam aus dem Keller gekrochen. Anscheinend ahnte er genau so etwas. Mit einer schnellen Handbewegung grüßten sie sich.
Der Postbote nippte an seinem Kaffee und holte einen länglichen Brief aus seiner Tasche, der schon zum Teil feucht vom Regen war.
„Ein Brief von deiner Agentur, Nicolas." Er reichte ihm den Brief ihm und nahm seinen grauen Hut vom Kopf. In der kleinen aber feinen Agentur wo Nicolas arbeitete,

wurde das meiste vor Ort geklärt und verkündet. Also wusste man, sobald ein Brief erscheinen würde, stimmte etwas nicht.

„Oje, was wollen die denn schon wieder?", fragte er mit nervöser Stimme.

„Ich befürchte nichts Gutes.", gab der Postbote von sich. Adam machte sich Sorgen. Nebenbei gefiel es ihm gar nicht, dass der Postbote, auch wenn er ein Freund war, so viel über Nicolas Arbeitssituation mitbekam. Nicolas öffnete ihn geschickt und überflog ihn. Er wurde blass und musste sich am Tresen abstützen.

„Zum Teufel!", sagte er wie betäubt. „Die kündigen mir." Adam trat zu ihm und nahm den Brief in die Hand. Schlechte Leistungen. Mehrere Fehltage. Alkoholismus.

„Was ist hier los?" Mickaela stand an der Hintertür. Ihre Augen waren ganz winzig.

Sie sah den Brief.

„Was ist das?", verlangte sie zu wissen.

„Ich wurde aus der Agentur geschmissen.", antwortete Nicolas halb laut.

„Was heißt rausgeschmissen?" Sie trat vor Adam und schaute ihn fragend, zugleich sauer an.

„Sie haben ihm gekündigt.", erklärte Adam ihr.

„Aber wieso? Du warst immer gut in deinem Job."

Adam und Mickaelas Onkel schauten sich flüchtig an. Ihr Onkel konnte die beiden Männer nicht leiden. Vor allem Nicolas nicht. Ihm war von Anfang an klar, dass Nicolas in solch einem Zustand nicht lange seinen Job behalten würde. Nun waren beide Kerle arbeitslos! Er verkniff sich jeglichen Kommentar und ging die Treppe zum Keller wieder hinab.

„Du warst doch immer gut in deinem Job.", jammerte Mickaela.

„Wohl nicht gut genug.", flüsterte Nicolas. „Wohl nicht gut genug."

16.

April 2002

Jasmin verschwand in ihrem Zimmer und verschloss die Tür hinter sich. Sie war wieder allein. Wer war Micka? Sie schritt den Flur entlang. Es gab weiße Ränder an den Wänden von Bildern, die einst dort hingen. Auf dem Boden lag ein langer, verstaubter Teppich mit vielen verschiedenen Mustern. Sie blieb stehen, als sie ihren Namen an der letzten Tür rechts stehen sah. Es war eine alte Tür aus dunklem Holz und einem schon alten, verrostetem Türknopf. Als sie am Knopf drehte, klemmte zuerst die Tür. Mit einem Stoß brachte sie sie zum Öffnen. Es war dunkel im Raum. Und sehr warm. Sie schaltete das Licht an, trat hinein. Ein Zimmer wie jedes andere. Ein Bett, Schrank, Kommode, Tisch und zwei Stühle. Sie tat es Jasmin gleich und schloss die Tür hinter sich. Was sollte sie jetzt machen?
„Ich bin doch nicht zum Spaß hier."
Als sie das Fenster sah, kam neue Hoffnung in ihr hoch. Doch als sie die billigen Vorhänge wegzog, erblickte sie nichts als kaltes Gestein.
Sie drehte sich mit hinunterhängenden Schultern zum Raum um und erblickte einen Zettel. Eine weitere

Botschaft ihres Entführers? Jolene wollte ihn zuerst nicht lesen, nahm ihn dann aber zögernd in die Hand und las Buchstabe für Buchstabe. In der Nachricht stand, sie solle singen. In jeder freien Minute singen. „Ach leck mich doch!", und knüllte den Zettel zusammen und schmiss ihn in die Ecke.

Frustriert setzte sie sich auf das Bett. Es war ungemütlich und die Matratze durchgelegen. Ihr neues Kleid war schon dreckig und der linke Träger ausgeleiert. Schade für das so schöne Kleid.

Jolene betrachtete weiter ihr Zimmer. Über dem Schrank fand sie ohne große Verwunderung eine weitere Kamera. Die Wände waren in einem kräftigen Orange gestrichen, was gut zu den hellen Holzfarben des Schrankes und der Kommoden passte. Das Bett war ein einfaches Einzelbett mit Überzügen ebenfalls in einem Orange. Die Vorhänge hingen schon etwas länger dort, dass sah man, da sie statt weiß in einem schmutzigen Grau erstrahlten. Es gab nur ein einziges Licht in der Mitte des Raumes. Oben an der ebenfalls schmutzigen Decke. Einzelne Spinnen hatten dort schon ihre Netze gesponnen.

Ein kurzes Zucken durchfuhr sie, als sie plötzlich ein Geräusch hörte. Ein zwar leises, aber deutliches Summen. Es kam nicht aus ihrem Zimmer. Aber dennoch fühlte sie sich nicht sicher. Noch gefährdeter, als sie nach kurzer Zeit merkte, dass es immer wärmer wurde. Sie konnte sich auch irren. Verunsichert stieg sie aus dem Bett und betastete die Wände. Sie waren warm. Sehr warm! Sie legte eine Hand auf den Boden. Auch er war warm. Bald verspürte sie noch mehr Durst. Sie hatte außer dem Alkohol nichts weiter getrunken. Ihr Magen drehte sich um und ihr wurde erneut schlecht.

Sie hatte nicht einmal eine Toilette zur Verfügung. Oder ein Waschbecken. Es wurde immer wärmer. Konnte sich ein Raum so schnell erhitzen? Und was war überhaupt der Grund? Will ihr Entführer sie ärgern? Oder bestrafen? Aber wie geht das? Sie hatte die Aufforderung, die auf seiner Nachricht stand, nicht erfüllt. War dies der Grund? Sie sollte singen. Egal was. Jolene lief zur Tür und rüttelte am Knauf. Sie war verschlossen. Erneut war sie eingesperrt. Warum hatte sie das Zuschließen der Tür nicht mitbekommen?

„Your cruel device. Your blood, like ice..." Ihre Stimme klang leise und rau.

„One look could kill. My pain, your thrill..."

Aus ihrer Stimme wurde ein Wimmern. Sie kam sich albern und verloren vor. Sie stellte sich einen Mann vor, der Alice Cooper ähnelte. Dunkel und zum Fürchten. Sie setzte sich wieder aufs Bett. Die Hitze haute sie um. „Ich singe, ich verspreche es!", schrie sie. Danach musste sie sich übergeben. Der Alkohol hatte sie noch nicht komplett verlassen.

Das Summen hörte wenige Sekunden später auf. Totenstille. Nur ihr Wimmern war zu hören.

„Your cruel device. Your blood, like ice. One look could kill. My pain, your thrill... " Kam aus ihr heraus. *Poison* war der Song, den sie bei ihrer ersten Begegnung gehört hatte. Kein anderes Lied fiel ihr in diesem Moment ein. Und auch wenn sie nicht den ganzen Text konnte, versuchte sie, *Poison* zu singen.

Musste Jasmin auch solche Aufgaben erledigen? Was ist das für ein krankes Spiel? Wem fällt so was bloß ein?

"Your mouth, so hot. Your web, I'm caught. Your skin, so wet. Black lace on sweat..."

Jolene versuchte, ihr Ausgebrochenes mit irgendwas zu überdecken. Als sie den Schrank öffnete, erblickte sie mehrere Kleider, T-Shirts und Röcke. Sie nahm sich einen der etwas größeren Röcke mit dunklen Farben und überdeckte es damit.

„Ich wische das morgen sauber. Ich verspreche es!", sagte sie heiser. Jolene befürchtete, er könnte sich wegen ihres Schwächeanfalls aufregen. Doch es geschah nichts.

„I hear you calling and it's needles and pins. I want to hurt you just to hear you screaming my name. Don't want to touch you but you're under my skin... "
Poison...

17.

Juli 1994

Die letzten zwei Monate waren für alle drei eine reine
Katastrophe. Nicolas suchte verzweifelt einen Job,
Mickaela versuchte, außer in der Gaststätte ihres
Onkels in noch weiteren Gaststätten zu singen. Auch
Adam versuchte, ohne Abschluss einen Job zu finden.
Es waren viele Stellen frei, doch das Richtige war nie
dabei. Erniedrigende Jobs, bei denen man nur
ausgelacht wurde, wollte keiner.
Mickaela sang sich die Stimme aus dem Hals. Seit drei
Stunden stand sie schon auf der Bühne, um mehr Geld
zu verdienen. Adam und Nicolas saßen in der
hintersten Ecke, wo zwei Glühbirnen schon
durchgebrannt waren. Jeder ein Bier in der Hand und
die Zigarette im Mund blätterten sie Zeitungen durch
und suchten nach Stellenangeboten. Jedes zweite
Unternehmen suchte nach Personen mit mindestens
guter mittlerer Reife, Weiterbildungen und Zertifikaten.
Als die Band aufhörte zu spielen und müde
zusammenpackte, kam Mickaela rüber und setzte sich

auf Adams Schoß. Sie blickte komischerweise überglücklich.

„Ich habe gute Nachricht, meine Lieben!", meinte sie. Aus ihrer Rocktasche holte sie vier Hunderterscheine raus und schmiss sie auf den Tisch.

Adams und Nicolas Augen weiteten sich.

„Ich habe guten Weg gefunden Geld zu verdienen."

Nicolas nahm das Geld staunend in die Hand.

„An einem Tag hast du vierhundert Dollar verdient? Aber wie?"

„Ah! Das ist mein Geheimnis. Aber keine Sorge, ich habe es nicht gestohlen."

Sie bestellte bei ihrem Onkel drei Gläser Wodka. Aus drei Gläsern wurde später eine Flasche.

Kurz nach Mitternacht musste Mickaela wieder auf die Bühne. Betrunken und müde lallte sie Lieder mit der neu gekommenen Band. Den Zuhörern machte es nicht viel aus. Die waren genauso besoffen.

„Es geht wieder bergauf Adam! Dank unserer Mickaela.", jubelte Nicolas.

Auch Adam freute sich, doch wollte er gerne wissen, woher sie das Geld hatte.

„Sie geht wahrscheinlich putzen oder so…", meinte Nicolas.

„Für Vierhundert? Pro Monat ja, aber pro Tag? Und warum würde sie solch einen Beruf verheimlichen. Nicolas, ich mache mir Sorgen. Es könnte ja sein, dass sie in etwas verwickelt ist."

Nicolas lachte nur.

„Ach was. Du machst dir zu viele Gedanken. Schau dir das viele Geld an!"

Er küsste Adam auf den Mund und lächelte belustigt.

„Du hast recht.", log er.

„Natürlich habe ich recht. Und nun trink noch einen mit mir."

Zu Alkohol konnte Adam nicht *Nein* sagen. Sie tranken jeweils noch zwei Bier, bevor sie auf ihren Bänken einschliefen.

Adam verspürte einen leichten Stoß, als er zur Besinnung kam und aufblickte. Der Raum war menschenleer und das Licht, bis auf das an der Theke, ausgeschaltet. Nicolas lag ebenso am Tisch angelehnt. Für den Stoß war Mickaela verantwortlich, die neben ihn gesunken war und betrunken in seine Richtung schielte.

„Wir sind fertig für heute. Und ich will nur noch schlafen.

Kommt ihr?"

Adam nickte, weckte Nicolas, der mürrisch zu ihm und Mickaela aufblickte. Sie stiegen langsam die Treppe hoch, krabbelten durch ihre Wohnung und schmissen sich aufs Bett. Adam bekam noch mit, wie Mickaela und Nicolas sich anhauchten. Danach war er weg.

Am nächsten Morgen waren Nicolas und Mickaela im Bad verschwunden. Adam hatte riesige Kopfschmerzen und blieb somit im Bett liegen. Mickaela trat kurze zeit später nackt und tropfnass ins Zimmer und schmiss sich auf Adam. Ihre nassen Haare klebten gewellt an ihrer warmen Haut.

„Wo ist Nicolas?", fragte er müde.

„Er ist in der Badewanne eingeschlafen.", lachte sie und küsste ihn, bis er die Augen öffnete. Es war so hell im Raum, dass seine Augen schmerzten.

„Ich werde heute Mittag wieder zur Arbeit gehen. Und heute Abend singe ich wieder für ein oder zwei Stunden. Wir machen heute nicht so lange wie gestern.", verkündete sie.

Adam strich sich übers Gesicht.

„Wunderbar." Er packte sie an der Hüfte, um sie näher ranzuziehen. Doch sie streikte.

„Lass das, ich habe jetzt keine Lust dazu."

Er ließ sie abrupt los und legte seine Hände neben seinen Körper.

„Wie du willst."

Sie stieg wieder aus dem Bett und holte sich ein weißes Sommerkleid aus dem Schrank. Mickaela zog nur sehr selten Unterwäsche an. Was Nicolas wie auch Adam sehr erotisch fanden.

Nicolas trat hinein und trocknete sich ab. Er war nicht so gut gelaunt wie Mickaela.

„Sonst bist du doch so *sexgeil*! Letzte Nacht konntest du gar nicht genug von mir kriegen!", beschwerte er sich.

Adam runzelte die Stirn und schaute beide fragend an. Sein Kopf schien zu platzen.

„Ich habe jetzt einfach keine Lust." Sie band ihre Schuhe und stampfte ohne Worte aus dem Zimmer.

„Was ist denn los?", erkundigte sich Adam besorgt.

Nicolas wedelte wütend mit den Händen.

„Ach nichts. Mickaela verhält sich nur komisch."

„Weil sie keine Lust auf Sex hat?"

Nicolas setzte sich zu ihm ins Bett.

„Sonst will sie doch immer."

Adam lachte, wusste aber, dass Nicolas Sex wie Nikotin brauchte.

„Ich geh jetzt. Mach`s gut, Adam." Verabschiedete sich Mickaela. Das machte Nicoals noch wütender.

„Heute Abend ist sie bestimmt ganz anders."

Jetzt lächelte auch Nicolas.

„Ach ich brauch doch nicht Mickaela. Ich hab doch dich."

Dies machte Adam etwas verlegen. Seit der Zeit im Heim hatten sie sich nicht mehr zu zweit geliebt. Plötzlich war es wie bei ihrem allerersten Mal.

Mickaela brachte gut Geld ein. Da konnte man nicht meckern. Zwei bis dreimal die Woche war sie unterwegs, den ganzen Tag lang. Wohin sie ging, verriet sie weiterhin keinem.

Nicolas machte es weiter nichts aus. Die Geldschulden verschwanden. Sie brachte pro Woche um die achthundert bis tausend Dollar rein. Wo bekam man nur so viel Geld her?!

Geld hatten sie also genug. Doch etwas anderes fehlte. Mickaelas Leidenschaft verschwand. Wenn überhaupt, stellte sie sich einmal die Woche bereit. Dann lag sie da. Ihre Arme nach oben, hielt sie sich am Bettgitter fest. Die Beine spreizte sie und zeigte ihren intimsten Bereich ohne Emotion.

Zuerst dachten die Jungs, es wäre vielleicht etwas *Neues,* was Micka mit ihnen ausprobieren wollte. Es hatte sogar Spaß gemacht! Sie lag da. Die Augen geschlossen. Und Adam und Nicolas konnten mit ihr alles machen. Berühren wo sie wollten, sie *nehmen* wie sie wollten. Ein neues Gefühl des „Besitzes" kam auf. *Unsere Micka* hatte nun eine ganz andere Bedeutung. Denn wenn sie dalag und sich anbot, auch wenn es nur einmal die Woche war, wussten beide: Sie gehörte ihnen!

 Aber der Reiz daran verschwand. Mehr und mehr. Sie wollten, dass Micka wieder mitmachte. Die beiden

verwöhnte mit Körper und Seele, wie sie es so gut konnte. Und wie sie es konnte! Ihre Techniken waren brillant. Sie wusste genau, wo die Lustpunkte bei Adam und bei Nicolas waren. Und ihre Küsse! Sie vermissten so sehr ihre weichen, vollen Lippen. Wo war sie nur? Die Leidenschaft. Adam und Nicolas hofften, dass es nur eine Phase war.

In dieser Zeit lernten sich Adam und Nicolas körperlich besser kennen. Adam, der gern alles mit sich machen ließ, und Nicolas, sowieso der Eroberer in ihrer Dreierbeziehung. Beide allein ebenfalls eine neue Erfahrung. Mickaela schaute hin und wieder zu, wie sie es taten. Sie fand es schön und erregend. Adam und Nicolas hofften, sie somit geil zu machen. Aber sie saß immer nur da. Schaute zu. Adam, der meist unten lag und sich erobern ließ, starrte Micka dabei an. Zwinkerte ihr zu und stellte sich vor, wie es wäre, wenn Micka jetzt noch unter ihm liegen würde. Auch Nicolas brachte es in Fahrt. Er packte Adam, küsste seinen Rücken, krallte sich in sein Haar und stieß fest zu. Wenn Adam dann zusammenzucke, entnahm er auch ein leichtes Zucken der Lust bei Micka. Adam gefiel es. Auch wenn ihr Liebesspiel hart und in einer Art schmerzvoll ausschaute, hätte Nicolas Adam nie ernsthaft wehgetan. Sie wussten beide, wo ihre Grenzen waren und wie weit sie gehen konnten. Diese innige Beziehung der beiden Jungs, hätte sich niemand vorstellen können.

18.

September 1994

Eine große Frage war: Wohin mit Mickaelas Geld? Es war hundertprozentig Schwarzgeld. Auf eine Bank wäre keine gute Idee. Im Portemonnaie auch nicht sicher. Sie suchten nach einem kleinen, aber sicheren Versteck in ihrer Wohnung. Im Badezimmer bot sich ein *Super-Versteck*! Das Bad an sich war leider keine Schönheit. Man besaß alles, was man brauchte. Toilette, Waschbecken und eine uralte freistehende Badewanne. Der Boden war durch die Nässe kaputt, die Fließen an den Wänden ergraut. Hinter dem Spiegel über dem Waschbecken befand sich ein Loch. Ein sehr kleines längliches. Der Onkel wollte irgendwann mal dort einen Wandschrank anbringen, der leider aber durch sein Gewicht und mangelnde Befestigung aus der Wand riss und ein Loch daließ. Das Loch wurde aus reiner Faulheit nie verschlossen.

Da es den Anblick des Badezimmers nur verschlechterte, hatte Mickaela die Idee, einen großen Spiegel darüber zuhängen. Das perfekte Versteck! Sie legten die Scheine getrennt in Covere und ließen alle hinter dem Spiegel verschwinden.

„Ich wusste, es würde wieder bergauf gehen! Prost!" Sie stießen an. Auf sich. Auf Mickaela. Sie hatte sich den Abend freigenommen, um mit ihren Jungs zu feiern. Gemütlich saßen sie draußen vor der Gaststätte und genossen die letzten Sonnenstrahlen.
„Nicht mehr lange und wir können uns ein eigenes Auto leisten."
„Wenn Micka so weitermacht, kann sich bald jeder Einzelne von uns ein Auto leisten!", lachte Nicolas mit dem Bier in der Hand.
„Du übertriebst, mein Liebster. Sparen wir lieber. Wer weiß, was in ein oder zwei Jahren ist. Außerdem halte ich das nicht mehr lange aus. Du bist bald wieder dran mit arbeiten." Mickaela schaute ihre beiden Jungs an, ob sie verstanden hatten, was sie damit ausdrücken wollte.
„Was soll das heißen?", schnaubte Nicolas.
Adam lehnte sich vor und ergriff ihre Hand.
„Stimmt irgendwas nicht?"
Sie lachte, um die böse Stimmung, die aufbrodelte, zu vertreiben.
„Aber nein! Alles bestens. Nur..."
„Dann versteh ich nicht, warum du aufhören solltest!" Nicolas jedoch wollte das Gespräch zu Ende führen. Es lief alles so gut! Warum wollte sie jetzt ihr Glück zerstören?

„Ich bin eine leidenschaftliche Sängerin. Keine leidenschaftliche Arbeiterin. Es ist anstrengend und es macht keinen großen Spaß. Und seit ich dies mache, schreibst du keine Bewerbungen mehr, das finde ich nicht fair!"

Mickaela wurde trübsinnig. Das war auf keinen Fall geplant für heute Abend.

Man konnte sie verstehen. Ihre beiden Männer hockten jeden Tag zu Hause und sie alleine brachte das Geld rein. Je nachdem, was für einen Job sie hatte, war es bestimmt anstrengend. Adam empfand es zumindest so. Nicolas dagegen:

„Pass mal auf! Das, was du in einer Woche verdienst, habe ich damals als Monatsgehalt bekommen! Wenn du schon keine Lust mehr hast, dann verrate mir bitte, was deine Arbeit ist, damit ich sie übernehmen kann!"

Ein kühles Lüftchen zog auf. Wolken verdunkelten die Straße. Es schien, als hätte sich das Wetter ihrer Laune angepasst.

Nach nur wenigen Minuten waren sie die letzten Menschen in ihrer Seitengasse. Mickaela schaute in Adams Augen und suchte nach Hilfe. Er aber wusste nicht genau, was er sagen sollte. Enttäuscht schaute sie zu Nicolas auf, welcher aufstand und ins Haus gehen wollte.

„Ich kann es nicht sagen. Ich will es nicht."

Nicolas sagte nichts mehr. Für ihn stand fest: Mickaela würde so lange weiterarbeiten bis sie endlich verraten würde, was sie macht.

„Micka, mach dir keine Sorgen." Adam kam erstmals zu Wort.

„Mach so lange weiter wie du kannst und wenn du aufhören möchtest, finden wir schon noch eine

98

Lösung." Adam, so gutmütig und voller Herz. Er wollte keinen Streit. Lieber, süßer Adam.
„Komm. Lass uns reingehen. Mir wird kalt."

19.

April 2002

Die beiden Sundays traten durch den verwucherten Vorgarten bis zu McSeerys Haus.

Die Dielen knarrten und es stank nach totem Tier. Und in der Tat erblickte Thomas ein totes Eichhörnchen neben der Treppe. Robert klopfte angewidert an die Haustür. Zunächst meldete sich niemand. Beim zweiten Anlauf öffnete sie sich. Ein junger Mann in einer alten kaputten Jeans und einem dreckigen, weißen, ärmellosen Hemd trat vor. Er blickte den beiden Polizisten in die Augen und fragte, was sie von ihm wollten. In seiner Hand hielt er ein Stück Metall, das er mit einem dunkelgelben Tuch polierte. In seinem Mund steckte eine Zigarette, die schon bald den Filter erreichen würde.

„Es geht um den Fall der vier entführten Mädchen. Sie haben sicherlich davon gehört."

McSeery grinste ihn an und warf seine Zigarette weg. Sie landete nicht weit vom Eichhörnchen. McSeery ignorierte es.

„Oh ja, ich erinnere mich. Vor drei Wochen waren Ihre Kollegen bei mir, hatten mich verdächtigt und das

ganze Haus auf den Kopf gestellt. Aber ich bin unschuldig! Also was wollen Sie noch von mir?"
McSeerys Mimik versteinerte sich wieder. Er zückte aus seiner Hosentasche eine halb leere Packung Marlboro und steckte wieder eine in den Mund.
„Damals waren es noch drei Mädchen. Jetzt sind es vier. Jolene Golden heißt sie. Kennen Sie Jolene?"
McSeery schüttelte den Kopf.
„McSeery, Entschuldige, wenn ich nochmals nachfrage, aber sind Sie nicht wegen Verführung Minderjähriger aus dem Kommissariat in London rausgeflogen? Und kam es nicht des Öfteren mal zur Anzeige wegen sexueller Belästigung?"
Thomas und Robert lachten.
McSeery wurde sauer.
„Das war früher, meine Herren. Menschen ändern sich. Ich habe nichts mit den vier Mädchen zu tun. Wissen Sie was ich in London noch so alles gelernt habe?"
Die Sundays schauten ihn belustigt an.
„In sehr vielen Entführungen, Mord und sonstigen Straftaten waren immer Polizisten mit verwickelt. Und ich glaube, hier ist es nicht anders. Was glauben Sie?"
Das Grinsen der Polizisten verschwand.
„Ich glaube, es ist besser, wenn Sie jetzt gehen. Bei mir finden Sie nichts. Ich gehöre nicht mehr zu der Polizei. Auf Wiedersehen."
McSeery schloss die Tür. Thomas wollte gerade wieder klopfen, doch Robert hielt ihn zurück.
„Lassen wir ihn, es bringt nichts."

McSeery schaute den zwei Idioten nach, wie sie in ihr Auto stiegen und weg von seinem Grundstück fuhren.
Verdammte Arschlöcher!

Er legte sein frisch poliertes Eisenrohr auf den Küchentisch und verschwand im Wohnzimmer. Er legte eine neue CD in den Rekorder. *Techno Party 2001*. Eine CD aus dem letzten Jahr. Nick fand sie trotzdem gut. Er drehte auf volle Lautstärke. Der Bass durchfloss seinen Körper.

Er holte aus seinem Schrank seine Akten, setzte sich aufs Sofa und schlug die erste Seite auf.

1. Sandra Bäcker. 18 Jahre alt. Braunes, langes Haar. Rasterzöpfe. Um die 1,70m groß. Trug eine Brille. *Altes Modell.*

2. Nessie Schmidt. 16 Jahre alt. Hellbraunes, langes Haar. 1,75m groß. *Sehr hübsches Gesicht.*

3. Jasmin Weishaus. 17 Jahre alt. Dunkelbraun bis schwarzes, langes Haar. Wie Sandra um die 1,70m groß. *Von allen vier die hässlichste.*

4. Jolene Golden. 18 Jahre alt. Braunes, langes Haar. 1,75m groß. *Bisher seine beste Wahl.*

Diese vier süßen Mädchen. So unschuldig. Sie sehen sich alle so ähnlich. Alle besuchten die gleiche Schule, verhalten sich gleich. Wie süß! Sie sehen *Ihr* alle so ähnlich. Die gleiche Figur. Der gleiche Körperbau. So unwiderstehlich!

Nick schaute sich Jolenes Foto genau an. Es war kein Passfoto. Es wurde irgendwann in der Stadt aufgenommen. Sie trug an dem Tag eine helle Jeansjacke. Sie war nicht zugeknöpft. Darunter ein leuchtendes, rotes T-Shirt. Ihr Haar wurde vom Wind zerzaust. Sie telefonierte. Ihr Smartphone hielt sie ans rechte Ohr. Ihr Mund war einen Spalt geöffnet.

Sie trug eine Jeans. Am linken Knie ist sie zerschnitten worden. Dunkle Turnschuhe dazu. Die Sonne schien an dem Tag sehr stark. Ihre Augen leuchteten im Licht.

McSerrys Gedanken wurden von einem Klingeln unterbrochen. Wer zum Teufel würde ihn nun wieder stören?!

„Mr. McSerry? Mr. McSerry! Ich weiß, dass Sie da sind! Ich habe Sie eben mit der Polizei reden sehen!" Jolenes Mutter. Nicht schon wieder!

„Einen Moment, Mrs. Golden."

Er packte seine Sachen ein und ließ alles im Schrank verschwinden. Die Musik drehte er leise und sah nochmals auf den Tisch. Es durfte nichts verdächtig erscheinen.

Nick trat zur Tür, öffnete sie und ihm kam die Duftwolke eines strengen übertrieben aufgetragenen Parfums entgegen.

„Was haben Sie mit der Polizei besprochen?"

Er grinste. „Überwachen Sie mich?"

Ellen senkte ihren Kopf. Ihr war es peinlich. Sie hatte ihn nicht überwacht. Nur geschaut, was er so macht.

„Treten Sie ein."

Er wollte eigentlich nicht, dass sie da war. Er wollte am liebsten gar nichts mehr mit der Sache zu tun haben! Aber diese Frau würde nicht locker lassen. Und vielleicht war es auch besser so.

Die Polizei ist faul. Das war sie schon immer. Aber irgendwann würden sie die Leichen finden. Dann den Entführer und zum Schluss ihn.

Ein neuer Plan musste her.

Er musste es so aussehen lassen, als würde er der Gute sein.

20.

Dezember 1994

Es war einer der kältesten Winternächte, die Adam
bisher erlebt hatte. Alle Scheiben waren beschlagen, die
Rohre gefroren und die Straßen so glatt wie auf einer
Schlittschuhbahn. Draußen tobte der Sturm,
Schneeflocken so groß wie Golfbälle flogen einem um
die Ohren. Man fror in seinen Betten. Die Fenster
hielten nicht dicht und zu guter Letzt versagte die
Heizung. Nur der alte Ofen von Mickaelas Onkel, der
unten rechts neben der Theke stand, funktionierte. Ihr
Onkel war auch so gütig und bot ihnen an, im
Gastraum den Winter zu verbringen. Dem Geschäft
schadete es nicht. Die Gäste verschwanden sowieso
früher. Sie wollten die Wintertage bei ihrer Familie
verbringen, was verständlich war.
Nun saßen sie da. Adam, Nicolas und der Onkel. Von
Mickaela keine Spur. Sie war seit dem Morgen auf der
Arbeit. Was sie machte, wusste keiner. Adam saß auf
dem Fußboden, angelehnt am Tresen. Nicolas Kopf
machte es sich auf seinem Schoß bequem. Er hatte

seine nackten Füße in Richtung Ofen gestreckt. Der Onkel saß gegenüber von Adam und schlief. Auch er übernachtete im Gastraum.

Keiner sagte etwas. Zu müde war jeder. Das Knistern des Feuers beruhigte jeden innerlich. Adam überlegte, wie der nächste Sommer sein würde. Alle drei sparten für ein eigenes Auto. Sie hatten vor, an den Strand zu fahren. Für eine Woche oder auch zwei. Am Mittag im Meer schwimmen gehen und sich am Strand sonnen. Abends auf Partys gehen und neue Leute kennenlernen. Und nachts im Auto übernachten. Eng und kuschelig. Mickaela in einem schwarzen, knappen Bikini zu sehen, war eine schöne Vorstellung. Mit ihrem langen, braunen Haar, ihrer dunklen Haut würde sie so einige Blicke auf sich ziehen. Aber sie gehörte *nur* Nicolas und ihm. Keinem anderen!

Seine Fantasien wurden durch einen eisigen Luftzug und einen Türschlag gestört. Mickaela!

„Micka, da bist du ja! Wir haben uns schon Sorgen gemacht!"

Sie hatte auch ihren Onkel geweckt. Dieser war in gar nicht so guter Laune.

„Es hat etwas länger gedauert.", berichtete Micka, während sie ihren Mantel auszog.

Sie kam zu Adam und gab ihm einen flüchtigen Kuss auf den Mund. Irgendwas war anders.

„Ich hatte viel zu tun. Aber es hatte sich gelohnt. Sechshundertfünfzig Dollar habe ich von Chef bekommen!", sagte sie und reichte es ihrem Onkel. Das Geld hatte sie in einen weißen Briefkuvert gesteckt und zugeklebt.

Nicolas wachte auf.

„Oh my Darling.", sang er gähnend und breitete die Arme aus. Mickaela setzte sich zu ihm und glitt in seine Arme. Nicolas schloss seine Arme um sie und vergrub sein Gesicht in ihrem Haar. Ihr Onkel stand auf und holte aus dem Keller Brennholz. Die drei verharrten auf dem Boden. Erst als ihr Onkel wieder einschlief, hob Nicolas seinen Kopf.

„Du riechst so eigenartig. Meine Liebste." Nicolas schaute sie lustvoll an.

„Seit Tagen haben wir schon nicht mehr deine Liebe gespürt. Adam und ich sind wie ausgelaugt. Komm und stille unseren Durst.", sagte er theatralisch und saugte an ihrem Hals. Adam lachte. Doch Mickaela stieß ihn aufbrausend von ihm weg.

„Lass mich!", sagte sie. Nicolas schaute sie verdutzt an, hielt sie jedoch am Arm fest.

„Wieso nicht? Was ist mit dir los!", wollte er wissen. Auch Adam starrte sie fragend an.

„Ich habe keine Lust!", gab sie als Antwort und riss sich von ihm los.

„Frag nicht ständig!"

Nicolas ließ jedoch nicht locker. Als Mickaela aufstehen wollte, riss er sie zu Boden und stützte sich auf sie. Adam sagte nichts, schaute nur zu. Nicolas nahm die Flasche Wein, die neben Adam stand. Es war schon die zweite diesen Abend! Er nahm einen großen Schluck und schaute runter zu Mickaela.

„Du willst doch bestimmt auch einen Schluck!"

Er nahm sie hoch und setzte den Flaschenhals an ihren Mund. Dann zog er ihr an den Haaren, damit ihr Kopf ins Genick fiel. Der Wein floss ihr über die Lippen. Es rann ihr über den Hals auf ihren Pullover und hinterließ dunkle Flecken. Sie stieß ihn schwach weg und starrte zu Adam.

„Adam, du Idiot! Sag ihm, er soll damit aufhören!", brüllte sie ihn an.

Nicolas leckte den Wein von ihrem Kinn. Mickaela verzog das Gesicht. Sie presste ihre Arme gegen seine Brust, doch sie war zu schwach. Beide kippten nach hinten. Nicolas auf sie. Adam schaute weiterhin zu. Sagte nichts. Seine Augen wanderten über ihren Körper. Ihr Pulli war hochgerutscht bis zu ihren Brüsten. Ihr Haar war zerzaust und lag quer über ihrem Gesicht. Sie versuchte zu schreien, doch Nicolas´ Gewicht unterdrückte ihre Stimme.

„Nicolas? Meinst du, das ist eine gute Idee?" Mickaela keuchte unter ihm. Sie wischte sich die Strähnen vom Gesicht. Ihr Kopf war rot angelaufen. Über ihre Wangen liefen die Tränen wie ein schneller Strom.

„Bitte lasst mich!"

„Sag uns, als was du arbeitest!", befahl Nicolas und setzte sich aufrecht auf sie drauf.

„Nein!"

Nicolas versetzte ihr einen Schlag. Ihr Stöhnen löste eine gewisse Begierde bei Adam aus.

In irgendeiner Weise gefiel ihm das - was ihn zunächst erschreckte. Verlegen schaute er kurz weg. Der Onkel schlief. Ihn würde nichts wecken, das wussten sie. Eine Dampflock könnte neben ihm durchrauschen, er würde nichts merken. Armer alter Suffkopf.

Nicolas stocherte weiter, bis Mickaela schützend die Arme vor ihr Gesicht legte.

„Ich arbeite für einen Mann! Ich kenne seinen Namen nicht, aber er bezahlt gut."

Adam kniete sich vor ihr Gesicht und legte ihren Kopf auf seinen Schoß.

„Und was macht dieser Mann?"

„Ich schlafe mit diesem Mann!", keuchte sie.

Nicolas Augen weiteten sich. Die Hände weiterhin an ihren Schultern, schaute er zuerst zu Adam, dann wieder runter zu ihr. Sein Kopf wurde rot. Zorn stieg in ihm auf.

„Du kleine Schlampe!", schrie er sie an. „Du betrügst uns!"

„Ich habe es für uns gemacht, Nicolas!", rechtfertigte sie sich.

Auch Adam wurde zornig. Ihre Mickaela schlief mit einem fremden Mann! Dieses Vergehen war unverzeihbar.

Zorn und Lust vereinten sich. Wenn Mickaela ihnen nicht freiwillig das gab, was sie wollten, was sie *brauchten*, dann würden sie es sich auch ohne ihre Einwilligung holen! ...

21.

April 2002

„Hey Jolene!... Guten Mooooorgen!.... "
Jasmin hämmerte fröhlich gegen die alte Holztür.
Jolene schreckte auf und brauchte ein paar Sekunden,
um zu begreifen, wo sie war.
„Joleeeeene!...“
„Ich bin wach!“ Die Erinnerung an den vielen Wein
kamen ihr schlagartig dank Übelkeit und
Kopfschmerzen wieder in den Sinn. Sie richtete sich
langsam auf und trat beinahe mit den nackten Füßen
auf ihr Erbrochenes von gestern.
Der einst schöne Rock hatte sich noch dunkler gefärbt
und man sah die Umrandungen der Feuchtigkeit. Kein
schöner Anblick. Vom Geruch ganz zu schweigen.
Kein Tageslicht. Keine Uhr. Egal wie viel Uhr es auch
sein mag, Jolene hätte gerne noch ein paar Stunden
geschlafen.
„Hey Jolene! Es ist ein neuer Tag und wir sind beide
noch am Leben! Wenn du willst, dass das so bleibt, rate
ich dir: Mach die Tür auf!“

Jolene rutschte ans Ende ihres kleinen Bettes, taumelte zur Tür und öffnete sie.

„Du bist ja ein Spaßvogel.", murmelte Jolene.

„Ich habe dir gesagt, dass er das mag." Jasmin drückte ihr einen vollen Eimer Wasser und einen viel zu alten stinkenden Mopp in die Hand.

„Er hat mir gestern eine Nachricht gegeben. Du sollst mir bei der Hausarbeit helfen. Ich sorge dafür, dass jeden Tag das Haus von unten bis oben sauber gehalten wird. Du wirst das obere Stockwerk putzen. Und mach es ja ordentlich!"

„Gibt es kein Frühstück?"

„Du bist ja ein Spaßvogel!"

Jolene hatte auch nicht mit einem Frühstück gerechnet. Das wäre auch zu schön.

Das obere Stockwerk sollte sie putzen. Jolenes Laune verdunkelte sich immer mehr.

Jasmin drehte sich ohne Worte, jedoch mit einem Siegerlächeln von ihr ab und ging nach unten. Dabei summte sie irgendeine nervend fröhliche Melodie. Schrecklich!

Jolene nahm den Mopp, tauchte ihn ins Wasser und stellte ihn fürs Erste ab.

Sie rollte den langen, verstaubten Teppich im Flur zusammen und begann zu wischen.

Danach waren Jasmins und Jolenes Zimmer dran. Das Zimmer von Micka war ja *leider* verschlossen.

Gott sei Dank, fand sie auf der gegenüberliegenden Flurseite ein Badezimmer.

Eine Toilette. Die Erlösung!

Das kleine Badezimmer war altmodisch eingerichtet, hatte aber trotz allem Stil.

110

Eine alte freistehende Badewanne mit vergoldeten Füßen. Der Spülkasten der Toilette hing über den Köpfen an der Wand und man musste an einer verrosteten Kette ziehen, um sie in Gang zu setzen. Eine kleine Schale mit einem Wasserkrug daneben und ein kleines Handtuch. Die Schale war ziemlich groß. Blauer Hintergrund mit grünen Blumenranken, die vereinzelt noch zu erahnen waren. Jolene gefiel es. Auf der anderen Seite hing zum Glück auch ein Waschbecken. Jolene drehte den Hahn auf und spritzte sich kaltes Wasser ins Gesicht. Das tat gut. Sie blickte weiter im Bad umher.

Was ihr nicht gefiel, war die neumodische Kamera in der Ecke über der Tür. Freie Sicht auf Toilette und Badewanne. Jolenes Angstgefühl verschwand immer mehr. Wut brodelte in ihr hoch. Putzen sollte sie hier weiter? Das kann das Arschloch schön selbst machen. Sie kippte das dreckige Putzwasser in die Badewanne, spülte sie kurz aus und legte Eimer und Mopp in eine freie Ecke des Badezimmers.

Die Treppe runter machte sie sich auf die Suche nach Jasmin.

Der Boden war noch feucht und glänzte im Licht. Schade, dass es kein Tageslicht war.

Sie bemerkte die Haustür, überlegte, und erinnerte sich an Jasmins Worte, dass alle Ausgänge verriegelt waren. Eine schöne, große Eingangstür mit edlen Verzierungen. Durch diese Tür würde bequem ein Elefant passen. Es wäre so einfach... Sie schritt langsam zur Tür und streckte den Arm aus. Streichelte zunächst den Türknopf und umfasste ihn fest. *Es wäre so einfach...*

„Hörst du mir denn nicht zu?"

Jolene erschrak und sprang weg von der Tür.

Jasmin!

Wenn er sie nicht umbringt, werde ich es womöglich noch tun!

„Alle Türen und Fenster sind verschlossen oder zugemauert. Du kannst hier nicht weg. Willst du ihn wütend machen, oder was?"

Laut stampfend, mit erhobenem Kopf und verschränkten Armen kam sie zu Jolene und positionierte sich einen Meter vor ihr wie eine strenge alte Lehrerin.

Fehlten nur noch die hässliche Brille und ein streng gebundener Dutt.

Jolene sagte gar nichts.

Die strenge nervende Lehrerin mit fehlendem Dutt schaute hinauf zur Treppe.

„Bist du oben schon fertig?"

„Alles sauber."

„So schnell? Das glaube ich dir nicht!"

Jolene grinste und verschränkte ebenfalls die Arme vor ihrem Körper.

„Tja, vielleicht bin ich einfach besser im Putzen als du!"

Man merkte schnell, dass Jasmin sie als eine Art Konkurrentin ansah. Und Jolene fand Gefallen daran, sie damit in die Pfanne zu hauen. Sie schaute grinsend in eine der Kameras, dann wieder zurück in Jasmins entsetztes Gesicht.

Big Brother lässt grüßen.

„Meinst wohl, du wärst was Besseres? Wir werden sehen, wer als Nächste tot auf dem Boden liegt!"

Mit den letzten Worten wandte sie sich schnaufend von ihrer Konkurrentin ab und stampfte zum Putzeimer zurück.

Jolenes Magen knurrte.

Jedoch von Essen keine Spur. Sie hatte sich nochmals hingelegt, in der Hoffnung, ihre Kopfschmerzen würden verschwinden. Jedoch kam sie nicht zur Ruhe und spazierte kurze Zeit später weiter im Haus herum. Dann fand sie die Küche. Es duftete nach herrlich frischgebackenem Brot. Doch nicht einmal ein paar Brotkrümel waren zu sehen. Zwei Fenster waren zur rechten Seite. Beide zugemauert bis obenhin. Blau und weiß in die Jahre gekommene Kacheln hingen schachbrettförmig an der Wand. Geschirr und Besteck gab es in Massen. Aber kein Essen.

In einer kleinen Kammer nebenan nichts als Staub und Dreck. Hier und da eine kleine Hausspinne.

Sie wandte sich zum Backofen. Er war noch warm!

„Mmh... Das ist köstlich!" Man konnte erraten, wer es war.

„Als ich heute Morgen in die Küche kam, war der Teig schon fertig. Ich musste es nur noch backen. Köstlich! Er hat einen guten Geschmack."

Jasmin stand mit einem Teller und ein paar Scheiben Brot darauf am Türrahmen und kaute auf der Kruste herum.

„Das riecht wirklich gut. Kriege ich ein..."

„Du willst mich doch nicht wirklich fragen, ob du etwas von *Meinem* Brot abbekommst?"

Sie lachte und verschluckte sich beinahe an den Resten in ihrem Mund.

„Hat er dir eine Nachricht geschrieben, dass es nur für dich bestimmt ist?"

„Nein... Das habe ich selbst entschieden. Er wird mir sicherlich Recht geben."

Jolene knallte die Tür des Backofens zu.

„Aber das ist nicht fair!"

„Wenn du verhungerst, muss er sich nicht die Mühe machen, dich zu töten. Ich helfe ihm nur. Und werde hoffentlich dann hier rauskommen!"

Wieder lachte sie und verschluckte sich erneut an dem Brot. Schnell stopfte sie sich die letzten Stücke in den Mund.

„Guck nicht so blöd. Es ist eh nichts mehr für dich da. Alles weg."

„Du hast schon das ganze Brot gegessen?"

„Es war nur ein sehr kleines Brot. Und seit zwei Tagen gab es schon nichts mehr! Er bereitet jedes Mal einen Teig zu, wenn jemand Neues in dieses Haus kommt. Wenn ich es mit dir geteilt hätte, würden unsere Mägen heute Abend wieder knurren."

Wieder musste sie husten. Verschluckte sie sich so oft? Ohne weiter wütend auf Jasmin und ihre Gefräßigkeit zu sein, holte Jolene ein Glas aus dem Schrank und hielt es unter den Wasserhahn. Wenigstens verdursten musste keine von ihnen.

„Hier! Trink das erstmal, bevor du noch erstickst."

Jasmin stellte den Teller ab, wo jetzt nur noch ein paar zerkaute Krusten drauf lagen, und nahm das Glas gierig zur Hand.

Mit einem Zug war das Glas leer.

„Bitte... mehr..."

Jolene schenkte ihr nochmals Wasser ein.

„Stimmt etwas nicht?"

Jasmin wurde in Sekunden ganz blass. Sie krümmte sich vor Jolene, hielt sich mit der einen Hand am Bauch, mit der anderen an der Tür fest. Schweißtropfen bildeten sich auf ihrer Stirn.

Jolene packte Jasmin und führte sie zu einem Stuhl.

Sie war nass geschwitzt. Zitternd krümmte sie sich immer mehr.

„Was ist mit dir?"

„Bring mich in mein Zimmer!"

Nur langsam bewegten sie sich von der Küche aus ins Obergeschoss.

Sie stieß mit letzter Kraft die Tür auf. Ein Zettel lag auf dem Bett.

 Eine weitere Nachricht ihres Entführers.

„Ich hoffe, das Brot hat euch geschmeckt und satt gemacht. Ihr werdet alle Kraft brauchen, denn es war vergiftet. Findet innerhalb einer Stunde das Gegenmittel, sonst ist es zu spät.

Es gibt nur ein Gegenmittel, aber zwei Vergiftete.

Scherben bringen Glück.

Wie entscheidet ihr euch?"

„Er hat uns vergiftet?"

Jolene musste an letzte Nacht denken. Das Lied.

„Er wollte uns beide vergiften."

„Das Brot? Aber... das hat er noch nie gemacht!"

„Anscheinend hat er dich doch nicht so lieb wie du denkst. Weißt du, wo das Gegenmittel ist? Konzentriere dich!"

Jasmin fing an zu weinen. Sie vergrub ihr Gesicht in Jolenes Schoß und hielt sich an ihrem Bein fest. Beide hatten keine Ahnung, wo dieses Gegenmittel sein könnte. Gab es überhaupt eins? Jasmins Haut glühte. Ihr offenes Haar klebte an ihr. Die Nase ganz verstopft vom Geheule machte es ihr noch schwerer zu atmen.

„Jasmin! Bitte sag doch was."

„Ich weiß es nicht!"

Es muss noch mehr Nachrichten geben. Tipps, Spuren…
irgendwas! Das Mittel könnte überall sein. Sie richtete
Jasmin nur mühsam wieder auf.

„Komm schon. Wir finden das Mittel. Aber wir müssen
uns beeilen!"

Jolene rannte in den Flur, durchsuchte Schlafräume, das
Badezimmer, runter in die Wohnräume, Küche. Wie
sollte das Mittel denn überhaupt ausschauen?
Schränke, Regale, nichts Brauchbares.

Es ist ein Spiel. Jolene fand keine weiteren Nachrichten.
Also muss der Zettel in Jasmins Zimmer mehr aussagen,
als wir bisher verstanden haben.

Sie rannte die Treppe wieder hoch. Jasmin stand an die
Tür gelehnt, sie sah schlapp und müde aus.

„Jasmin. Wie geht es dir? Wo ist der Zettel?"

Jasmin zeigte auf ihr Bett. „Mir ist kalt. Bitte mach, dass
es aufhört. Ich kann mich kaum noch bewegen."

Jolene schritt zum Bett und nahm den zerknautschten
Zettel in die Hand.

„Er wollte, dass wir uns streiten wegen des Mittels. Er
will, dass eine von uns stirbt. So hat er wahrscheinlich
auch mit den anderen gespielt."

Sie las ihn sich nochmals durch.

„Es gibt nur ein Gegenmittel. Scherben bringen Glück?
Scherben."

Sie schaute zu Jasmin rüber, die regungslos an der
Türschwelle hing.

„Jasmin!"

Ihre Haut glühte. Doch war ihr kalt. Eine Art
Schüttelfrost? Sie musste irgendwohin, wo es warm war.

„Die Wanne." Jolene erinnerte sich an die Wanne im
Badezimmer.

„Jasmin, kannst du aufstehen?" Konnte sie nicht. Jolene nahm sie unter den Achseln und schleifte sie ins Bad. Schweißperlen rannen ihr übers Gesicht.

Es hatte sie viel zu viel Zeit in Anspruch genommen. Sie ließ warmes Wasser in die Wanne. Dies kam nur langsam aus dem Hahn. Schnell zog sie Jasmin die Kleider aus und hob sie an.

„Jasmin, du musst schon ein bisschen mithelfen!", stöhnte sie.

Platsch machte es. Jolene konnte sie nicht mehr richtig packen, so nahm die Schwerkraft ihr die Last ab.

Hauptsache drinnen.

„Jolene, du blöde Kuh!"

„Ja, tut mir leid. Wie fühlst du dich? Tut dir das warme Wasser gut?"

Jasmin seufzte entspannt. Erschöpft setzte sie sich neben die Wanne auf den Boden. Das warme Wasser tat ihr gut, aber es löste nicht das Problem.

Verzweifelt schaute sie sich im Zimmer um.

Scherben. War das ein Stichwort? Jolene dachte nach. Alle Fenster in diesem Haus waren zugemauert. Hier gab es weder Spiegel noch Fotos mit...

Jolene schaute sich nochmals im Badezimmer um. Es gibt in diesem Haus keine einzigen Spiegel, außer hier in diesem Raum!

Aber war dies die Lösung?

Jolene stand auf und trat vor ihr Spiegelbild.

Sie sah müde aus. Sehr müde. Ihr Haar fettig und verknotet und ihre Haut leichenblass.

Scherben bringen Glück.

Konnte man durch den Spiegel hindurch sehen? Nein. Es war ein ganz normaler, gewöhnlicher 08/15 Spiegel.

„Jolene, alles kribbelt so komisch.", gab Jasmin benommen zur Kenntnis. Jolene ignorierte dies. Sie hatten nicht mehr viel Zeit.

Dann hatte sie es! Der Spiegel ist vielleicht ein ganz gewöhnlicher Spiegel, aber vielleicht verbirgt sich etwas hinter ihm? Langsam fuhr sie mit den Fingerspitzen die Ränder entlang. Nichts. Mit einem Ruck zog sie den Spiegel aus der Verankerung. Er zerbrach in mehreren Teilen.

Nichts!

An der Wand verliefen weiße Fließen, die in Brusthöhe endeten, und eine weiße Raufasertapete, die bis zur Decke reichte. Nichts Besonderes. Oder vielleicht doch? Sie tastete die Wand ab und konnte es kaum fassen, als sie an einem bestimmten Punkt nachgab. Die Tapete riss ein. Ein kleines Loch kam zum Vorschein. Es war dunkel, das Licht war sehr schwach in diesem Raum und Jolene konnte nicht erkennen, was drin steckte. Mit zittrigen Fingern tastete sie sich vor und bekam etwas Kaltes, Glattes in die Finger. Kurz zuckte sie zurück. Es hatte die Form einer kleinen Dose. Schnell zog sie die Hand samt Gegenstand raus.

Erleichterung stieg auf. Hoffnung! Ein kleines Metalldöschen, das an die Metallboxen von Fishermans Friend erinnerte, mit dem Inhalt einer kleinen 3 cm großen bräunlichen Medizinflasche. Daneben ein klein gefalteter Zettel. Sie öffneten ihn.

„Du lebst weiter! Glückwunsch."

„Ja! Jasmin ich hab es!" Sie machte einen Sprung zur Wanne. Jasmin lag immer noch in der gleichen Position. Ihr Kopf war nach vorne gebeugt und machte ihr ein sichtbares Doppelkinn. Die Augen einen Spalt offen. Ihre Arme ruhten auf ihrem Bauch, die Knie leicht gebeugt und gegen eine Seite der Wanne gelehnt. Das warme Wasser hatte ihren Brustkorb schon erreicht. Dampf stieg auf und es wurde auch im Zimmer sehr warm.

„Jasmin, bitte! Du musst diesen Inhalt schlucken."
Irritiert schielte sie auf die kleine Flasche, nahm den bitteren Inhalt dann ohne Widerworte ein.
Du lebst weiter. Glückwunsch…

Zehn, zwanzig Minuten vergingen, als Jasmin sich bewegte.
„Ich glaube, es wirkt."
Jolene atmete auf und lehnte sich mit ihrem Oberkörper gegen den Wannenrand.
„Das freut mich zu hören. Wie geht es dir?"
„Zuerst dachte ich, das Zeug würde nicht mehr wirken. Aber so langsam wird es besser. Mir ist nicht mehr kalt. Im Gegenteil. Ich fühl mich wie in einer Thermoskanne!" Beide mussten lachen. Es tat gut, endlich aufatmen und lachen zu können. Jasmin machte zum ersten Mal einen netten, vernünftigen Eindruck.
„Es tut mir leid, dass ich so war. Hier dreht man leicht durch, verstehst du? Ab jetzt sehe ich dich als keine Konkurrenz mehr an.
Versprochen!"
„Schon gut."
Jasmin lehnte sich zurück in die Wanne und schloss für ein paar Sekunden die Augen. Auch Jolene setzt sich zurück auf den Boden, der durch die Luftfeuchtigkeit glitschig geworden war. Aber das war alles in diesem

Augenblick egal. Sie fragte sich, wie viele Spiele dieser Mistkerl noch mit ihnen spielen würde. Wie würde er überhaupt reagieren, wenn er feststellte, dass immer noch zwei Mädchen in seinem Haus lebendig waren? Ihr Blick richtete sich auf die Kamera. Er konnte sie beide sehen. Genau in diesem Moment. Jolene rechts auf dem Boden im Schneidersitz und Jasmin so gut wie nackt in der Wanne.

„Er filmt uns auch hier im Badezimmer."

„Ja, ich hatte ihm hier schon schöne Momente beschert.", lachte sie schwach.

Jolene zog eine Augenbraue hoch, wusste aber, was gemeint war.

„Ich könnte so was nicht. Wer weiß, vielleicht holt er sich gerade in dem Moment einen..."

„Jetzt fängt dieses komische Kribbeln wieder an. Das war eben schon mal so stark."

Jolene setzte sich gerade hin und schaute ins Badewasser.

Jasmin hielt ihre Arme seitlich neben dem Körper und war bis zum Hals unter Wasser.

„Was meinst du mit Kribbeln? Ist dir vielleicht der Fuß oder das ganze Bein eingeschlafen? Oder bekommst du einen Krampf?"

Jolene sah nichts Schlimmes an der Sache. Am besten sollte sie aus der Wanne steigen und sich ins Bett legen. Beiden waren hundemüde und konnten kaum die Augen aufhalten. Ein Bett wäre jetzt genau das Richtige.

„Nein, nein. Fühlt sich ganz komisch an. Am ganzen Körper. Es wird immer stärker!"

„Fühlt es sich denn angenehm oder unangenehm an?", scherzte Jolene.

120

„Und ich hab so einen komischen Geschmack im Mund. Schmeckt wie Batteriesäure." Auch Jasmin versuchte zu scherzen. Aber innerlich kam Panik auf.

„Ich kann meinen Fuß nicht mehr bewegen!"

Jolene stand auf und schaute tiefer ins Wasser. Ihr linker Fuß sah angespannt aus. Als würde sie ihn mit aller Kraft seitlich hochziehen wollen. Die Zehen gingen fächerförmig auseinander.

„Du hast einen Krampf. So sieht das aus. Soll ich ihn dir massieren?"

„Ja!", stöhnte sie. „Ich hab das Gefühl, es wird immer schlimmer!"

Ihr Atem stockte. Musste wohl ein sehr schlimmer Krampf sein.

Jolene selbst hatte auch schon diverse Wadenkrämpfe gehabt. Wenn sie einen aus dem Schlaf reißen und man nicht weiß, wo links, rechts, oben oder unten ist. Da geriet man schnell in Panik. Um den Schmerz auszuhalten hielten viele die Luft an. Jolene und, wie es aussah, Jasmin genauso.

Jolene wollte gerade ins Wasser greifen und ihren Unterschenkel packen, als sie an der Wasseroberfläche einen Schlag bekam und nach hinten geschmissen wurde!

„Oh Scheiße!", brüllte Jasmin vor Schmerzen.

Jolenes Herz raste! Was zum Teufel war das?

Sie brauchte paar Sekunden, um sich aufzurappeln. Sie kroch zur Wanne zurück und schaute zu Jasmin. Ihr Gesicht war rot angelaufen. Ihr Hals war angespannt und Ihre Arme und Hände waren in einer eigenartigen verspannten Haltung.

„Jolene! Was ist in der Wanne?!"

Sie konnte nichts erkennen. Was sollte da auch sein? Als sie Jasmin in die Wanne trug, hatte sie vorher schnell reingeschaut und es war eine stink normale Wanne in weis, seitlich grau-blaue Plättchen. Sie hielt es für eine Art Mosaik.

„Es brennt auf meiner Haut!"

Jolene ließ sich nicht entmutigen. Sie musste aus der Wanne! Also griff sie erneut schnell hinein, um sie an den Armen zu packen. Wieder ein Schlag! Dieser tat noch mehr weh als der erste. Ihre Augen schauten wirr umher. Ihre Zunge schmerzte. Anscheinend hatte sie sich drauf gebissen.

„JOLENE!"

Sie konnte nicht so schnell aufstehen wie beim ersten Mal. Ihre Muskeln wollten nicht richtig zusammenarbeiten. Das kann doch nicht sein! Wurde Jasmin gerade unter Strom gesetzt?!

Langsam rappelte sie sich hoch. Jasmin weinte und schrie vor Schmerzen. Sie zuckte und schlug um sich. Ihre Bewegungen erschreckten. Das Wasser schwappte über auf den Boden. Jolene machte einen Sprung zur Seite. Waren die Plättchen an der Innenwand der Wanne Elektroden?

„Jasmin! Was kann ich nur tun?!"

Das Wasser schien zu kochen. Jolene konnte es nicht genau sehen, aber ein merkwürdiger ekelerregender Duft kam ihr in die Nase.

Sie war knapp zwei Fuß von Jasmin entfernt. Wie konnte sie ihr nur helfen?

„Jasmin!"

Doch sie antwortete nicht mehr. Sie zuckte nur noch herum. Starrte ins Leere.

122

Jolene wurde etwas Schlimmes bewusst. Ihr war egal, wie weh es tat. Sie musste ihr helfen. Sie konnte doch nicht einfach dastehen und zuschauen!

Sie machte sich zum Sprung bereit, nahm all ihre Kraft und... Plötzlich packte sie eine große Hand an der Schulter und zog sie nach hinten. Ein muskulöser Arm. Der Besitzer dieses Armes trug ein schwarzes Hemd und eine dunkle Jeans. Mehr konnte sie nicht sehen. Sie fiel zu Boden Richtung Flur vor die Füße des Unbekannten.

Noch bevor Jolene zu ihm hinaufschaute, drehte sie sich um und starrte zu Jasmin. Das was sie noch sah war ein zuckender Unterarm, der aus der Wanne ragte, und Blut, das sich mit dem Wasser in der Wanne vermischte. Das Zucken wurde langsam weniger. Der Strom wurde abgestellt.

Jolene schrie. „Nein!!!" Sie konnte nicht glauben, was gerade geschah. Jasmin konnte nicht tot sein!

Erst jetzt kam ihr der Unbekannte wieder ins Gedächtnis.

Langsam drehte sie sich um. Erblickte noch schnell seinen Schatten. Er ging die Treppe hinunter.

„Warte!", rief Jolene mit schwacher Stimme ihm hinterher. Nur mit Mühe konnte sie aufstehen und stolperte der Treppe entgegen.

„Wer bist du?!" War ihr Retter auch ihr Entführer? Was passierte nun? Jasmin war tot. Hieß es, dass jetzt wieder eine Neue dazukommen würde?

Jolene wollte Antworten! Sie hielt es keine Minute länger in diesem Haus aus. Wütend und verängstigt zugleich durchsuchte sie die unteren Räume. Er muss noch hier im Haus sein! Oder gibt es einen versteckten Ausgang? Zeig dich, du verrücktes Arschloch!

Er war verschwunden. Und Jolene wieder alleine. Als sie verängstigt über das Grauen ihrer Freundin zum Badezimmer schritt, ihre Lippen zusammenpresste, ihre Arme verschränkt und versuchte, so leise wie möglich zu sein, malte sie sich das furchtbare Bild aus, das sie erwarten würde.

Der gesamte Boden war nass. Es war warm und feucht. Ein unangenehmer Geruch lag in der Luft. In der Wanne schaukelte das rötlich verfärbte Wasser hin und her. Hin und her. Von Jasmin keine Spur.

22.

Dezember 1994

„Happy new year!"
„Frohes Neues!"
„Auf ein fröhliches neues Jahr!"
Viel Gelächter. Viele Glückwünsche. Draußen donnerte
es gewaltig. Buntes Feuerwerk. Laute Kracher. Konfetti
überall!
Silvester wurde in der Gaststätte des Onkels immer
groß gefeiert. Es war ein schönes Fest. Und mit
Mickaelas Geld konnte man sich eine extra schöne Feier
leisten!
Nur Onkel selbst konnte leider nicht mehr mitfeiern.
In der Nacht, in der die süße Mickaela *bestraft* werden
musste, kam er Nicolas und Adam dazwischen. Dies
gefiel den beiden gar nicht. Adam versuchte in der Zeit,
in der Nicolas mit ihr beschäftigt war, zu reden. Wer
hätte gedacht, dass der Trunkenbold doch noch
aufwachen würde! Adam beschrieb es als
Missverständnis. Natürlich glaubte der Onkel ihnen

nicht. Adam konnte ihn zurückhalten, bis Nicolas seine Lust befriedigt hatte.

„Du bist dran.", kam er schließlich und klatschte ihn ab.

„Onkel! Was machst du für Probleme?"

Adam legte sich zu Mickaela. Sie ganz regungslos. Wie lange hatte er sie nicht mehr berührt. Ihre Brüste geknetet und ihren Intimbereich gestreichelt? Viel zu lange!

„Entweder du legst dich jetzt schlafen oder du kriegst ein paar aufs Maul!", drohte er ihm.

„Was macht ihr da bloß, Jungs? Lasst sie in Ruhe! Was fällt euch ein, so was zu machen! Ich werde die Polizei rufen!"

Nicolas holte aus. Und noch einmal. Und noch einmal. Adam hörte nur dumpfe Töne.

„Du wirst niemanden mehr rufen!"

Er drehte sich um und schaute Adam ungläubig an.

„Was machst du?"

„Ich kann das nicht..." Adam lag immer noch neben ihr. Streichelte ihr Haar und schaute ihr ins Gesicht. Er war wütend, keine Frage. Aber er hätte ihr lieber dafür eine reingeschlagen, als sie zu vergewaltigen!

Ihre Brust hob sich langsam auf und ab.

„Ihr geht es gut! Glaub mir. Mach schon, Adam."

„Lass mich mit ihm alleine.", kam Mickaela zu Wort.

Nicolas schaute sie verdutzt an. Was hatte sie vor?

„Ich möchte mit Adam nicht vor deinen Augen..."

Nicolas lachte. „Ach so! Adam braucht Privatsphäre. Na die soll er natürlich kriegen. Ich kümmere mich in der Zeit um unseren Onkel. Ich glaube, ihn hat es schwer erwischt..."

Onkel hatte es leider so schwer erwischt, dass er am nächsten Morgen verstarb.

126

Was in der Nacht mit Adam und Mickaela vonstatten
ging, hielten die beiden für sich.
Nicolas machte Witze darüber. Er zog Adam gern damit
auf, was für ein Weichei er doch war. Adam kümmerte
es nicht. Es tat ihm leid, was Sie Mickaela angetan
hatten. Die Frage war: Wie würde es weitergehen?

Die Feier war ein großer Erfolg. Trotz des vielen
nervigen Mitgefühls der Gäste über Onkels
unerwarteten Tod. Ein Herz kann nicht ewig schlagen.
Und das Trauergeld kam wie gerufen. Mickaela stand
hinter der Theke. Sie war für das Wohlergehen der
Gäste zuständig, sprich Getränke und diverse
Knabbersachen.
Sie machte ihre Arbeit wie immer ausgezeichnet.
Gegen drei Uhr morgens wurde es immer leerer in ihrer
Gaststätte.
Nicolas setzte sich an die Theke. Mickaela reichte ihm
noch ein Bier.
„Du siehst toll aus! Wirklich! Dieses Kleid lässt deinen
Körper strahlen. Du solltest es öfters tragen." Adam
und Nicolas machten ihr seitdem immer öfters
Geschenke. Kleider, Schmuck, Parfüm... Sie sollte nicht
nachtragend sein wegen dem, was passiert war. Die
beiden hatten lange Gespräche mit Ihr. Gründe genannt,
nicht zur Polizei zu gehen. Gute Gründe.
Außerdem war dies ihr zuhause. Sie sollte nicht fort. Sie
gehörte hierher.
Mickaela war so leicht zu beeinflussen. Natürlich war
alles anders, als vor der Sache. Ihr Lächeln verschwand.
Ihre Mimik wurde steif. Sogar das Singen gab sie auf.
Glücklicherweise hatte sie mit ihrem Job aufgehört.
Eine Träne über das viele schöne Geld vergossen sie

trotzdem. Aber Mickaela hatte so viel verdient in den letzten Monaten, dass man sich keine Sorgen machen musste. Zunächst jedenfalls.

Nicolas würde ab nächstem Jahr wieder arbeiten gehen. Alles würde wieder seinen geregelten Ablauf haben. Sie gaben Mickaela Zeit, sich daran zu gewöhnen.

„Wie gefällt dir die Feier?"

„Ganz gut."

„Ich finde, es ist die beste, die wir je an Silvester geschmissen haben!"

Mickaela spülte hinter der Theke fleißig Gläser.

„Schade, dass du nicht mehr singen willst."

„Tut mir leid."

Nicolas lachte in sein Glas hinein.

„Macht nichts, meine Süße."

Adam kam gerade von der Toilette. Er zog sich den Reißverschluss hoch und lächelte über beide Ohren.

„Da ist ja unser Göttergatte."

Adam holte sich ein Flaschenbier aus dem Kühlschrank und setzte sich zu Nicolas. Dieser legte den Arm um seine Schulter und zog ihn nah an sich heran.

„Du siehst heute auch wunderschön aus!", flüsterte er ihm ins Ohr.

Adam fühlte sich geschmeichelt.

„Kommt! Wir schmeißen die restlichen Gäste raus und starten eine kleine Privatparty." Beide schauten zu Mickaela rüber. Ihr Blick biss sich im Spülwasser fest. Ihre Hände begannen zu zittern.

Adam stand auf, trat hinter den Tresen, hinter Mickaela und rieb ihr die Schultern. Nicolas beobachtete sie sinnlich.

„Alles in Ordnung ?" Adam roch an ihrem vollen, nach Vanille-Shampoo riechenden Haar.

Sie nickte nur. Spülte weiter.

„Lass es gut sein für heute und setzt dich zu uns."

Sie hörte auf, schaute über ihre Schulter. Suchte seinen Blick. Seine beruhigenden blauen Augen. So tief wie das Meer.

Nicolas klatschte laut in die Hände.

„So! Meine lieben Gäste. Für heute ist genug! Wir schließen den Laden."

Ein betontes Stöhnen und Gejammer trat aus der Menge. Wiederworte erklangen.

In der Zeit, wo Nicolas die Gäste zu Tür begleitete, gingen Adam und Mickaela schon mal nach oben in ihre Wohnung.

„Ich weiß nicht, ob ich das schon kann.", seufzte sie.

Adam schloss die Tür und setzte sich mit ihr auf die Bettkante.

Seit dem Geschehen hatte keiner von beiden mehr...

„Das wird Nicolas aber nicht gefallen. Er freut sich doch schon so sehr."

Adam versuchte, sie zu beruhigen. Nahm sie in den Arm. Küsste ihre Stirn. Ihre Augen. Ihren Mund.

Mickaela ließ es zu. Bei Adam fühlte sie sich geborgen. Er ging immer sehr liebevoll mit ihr um. Ganz anders als Nicolas.

Draußen hörten sie Gelächter. Auch Nicolas war in der Menge dabei.

„Ich will nicht, dass er kommt! Ich möchte mit dir alleine sein.", flüsterte sie ihm ins Ohr.

Er küsste sie sinnlich weiter. Ihre Zungen berührten sich. Seine Hand streichelte die Innenseite ihres Oberschenkels. Ein leises Stöhnen kam aus ihrem Mund.

„Bitte, Adam! Lass ihn nicht rein."

Er schaute sie an. Was sollte er tun? Sie hatte Angst vor ihm. Er hatte sie vergewaltigt!

Schließlich verschloss er die Tür, legte den Schlüssel auf die Kommode und stellte eine alte Klamottentruhe zur Verstärkung vor die Tür.

Und zum ersten Mal lächelte Mickaela wieder! Da wusste Adam, dass es eine richtige Entscheidung war. Sein Herz pochte wie wild.

Er kniete sich vor sie und das Bett. Streichelte beidseits ihre Füße, Wade und Oberschenkel. Langsam spreizte er ihre Beine. Kniete sich noch näher.

Mickaela legte sich nach hinten auf die Matratze. Genoss seine Berührungen. Langsam zog er ihr die Strumpfhose samt Höschen aus. Dann hörte man Schritte. Schritte von der Tür. Auf der Treppe, dann kurz auf dem Flur. Die Türklinke wurde nach unten gedrückt. Doch sie war verschlossen. Noch einmal versuchte Nicolas, die Tür zu öffnen. Aber dies ließ sie nicht zu.

„Adam? Micka? Macht ihr mir bitte die Tür auf?"

Mickaela stütze sich auf ihre Ellenbogen und schaute Adam flehend an.

Adam selbst schaute gebannt zur Tür. Nicolas würde nicht lange so ruhig bleiben. Beide gaben keinen Ton von sich.

„Adam! Mach die beschissene Tür auf! Was soll denn das?"

Er stemmte sich gegen die Tür, die Klinke durchgedrückt.

„Soll das ein Witz sein? Antwortet mir!"

Mit aller Kraft ließ er sich gegen die Tür fallen. Doch sie gab nicht nach. Er versuchte es drei, vier Mal. Die Tür hielt stand.

Er brüllte und spie Feuer. Nicolas schlug mit Fäusten gegen die Tür.

Adam ignorierte schon bald die Geräusche. Er schaute zu Mickaela hoch. Seine Liebe.

Er spreizte ihre Beine noch ein Stück mehr und strich ihr Kleid nach oben.

Sie legte sich wieder hin. Ihr Atem wurde schneller. Die Angst vor Nicolas und die Leidenschaft von Adam erregte sie.

„Das werdet ihr bereuen! Wartet nur ab. So geht man nicht mit mir um! Nicht mit mir!"

Noch ein letztes Mal versetzte er der Tür einen lauten Tritt. Dann hörte man wieder Schritte. Schritte, die von der Tür weggingen, die Treppe hinunter. Man hörte die Eingangstür knallen. Dann war alles leise.

Adam hörte nur noch ihren Atem. Sie hatte eine Gänsehaut bekommen.

Liebevoll rieb er ihre Beine warm.

Seine Hände wanderten zu ihrem Po. Zogen sie näher heran. Kneteten ihre Pobacken. Mickaela streckte sich ihm lustvoll entgegen. Und er vergrub sein Gesicht zwischen ihren Beinen.

Am nächsten Morgen lagen Adam und Mickaela eng aneinander gepresst im Bett. Draußen schien es zu regnen. Ein kalter, ungemütlicher Tag. Und er würde noch ungemütlicher werden.

Sie hörten, wie unten die Eingangstür zur Gaststätte laut ins Schloss fiel.

Mickaela schreckte auf, starrte zum Boden.

Adam setzte sich auf und fuhr sich müde durchs Gesicht. Er hatte leichte Kopfschmerzen. Scheiß Alkohol!

„Hast du das gehört?", fragte sie im Flüsterton.

„Ja. Gleich wird es Ärger geben."

Mickaela setzte sich auf. Hilfesuchend schaute sie durch den Raum.

„Ich kann da nicht runtergehen."

Sie zog sich die Bettdecke bis unters Kinn. Es war kühl im Zimmer. Der Regen nieselte gegen die Fensterscheiben.

Adam zog die Decke von sich, fröstelte leicht, stieg aus dem Bett und zog sich seine Hose an. „Ich werde gehen."

„Und was wirst du ihm sagen?"

„Das weiß ich noch nicht." Er knöpfte sein Hemd hastig zu und schlüpfte in seine Schuhe. Mickaela schaute stumm zu. Mit Schwung zog er die Truhe auf Seite und öffnete die Tür. Zum Schluss zwinkerte er ihr lächelnd zu, als würde alles Gut werden, und schloss dann mit ernster Miene hinter sich die Tür.

Horchend stieg er die Treppe hinab. Wie würde Nicolas reagieren? War es Nicolas überhaupt, der eben hineinkam? Es war noch früh am Morgen. Definitiv war es Nicolas!

An der Theke saß er mit einem Glas Mineralwasser in der Hand. Er blickte nicht auf und wirkte verkatert.

„Nicolas..." Adam wollte Ihm nicht zu nahe kommen. Er liebte ihn... immer noch. Doch momentan fürchtete er sich mehr vor ihm.

Seine braunen verstrubbelten Haare fielen ihm ins Gesicht. Adam trat ein paar Schritte näher. Ein blaues Auge auf seiner rechten Seite kam zum Vorschein.

„Nicolas!"

„Hallo, Adam." Er nahm einen Schluck und putze sich die Lippen mit seinem Handrücken trocken.

„Was ist passiert?"

Nicolas grinste kurz. Schmerz durchzog sein Gesicht und er hielt kühlend sein Wasserglas gegen seine Wange.

„Was passiert ist? Ich hab eine draufbekommen. Kurz nachdem ihr mich rausgeschmissen habt!"

„Wir haben dich nicht rausgeschmissen.", murmelte Adam leise.

Nicolas nahm wieder einen Schluck und hielt das Glas weiter an seine Wange.

„Und wie nennst du es dann?"

„Mickaela hatte Angst vor dir. Ich konnte dich nicht reinlassen. Du wärst wie ein Wilder über sie hergefallen!"

„Statt mir, hast du sie dann gefickt!", brüllte er.

Nicolas stellte sein Glas wütend ab und schaute zu ihm hinauf. Sein Lid war violett-blau angelaufen. Unter seinem Auge verlief es gelblich weiter. Seine Wange war geschwollen und seine Lippe seitlich aufgeplatzt. Seine Kleidung war dreckig und durchnässt. Nach seinen Fingerknöcheln zu urteilen, hatte auch er irgendjemanden oder irgendwas Schläge verteilt. Hecktisch strich er sich sein Haar nach hinten.

„Ich bin raus. Bin durch die Stadt gelaufen. Habe noch ein paar Bier getrunken. Und dann meinte so ein Drecksack, mich blöd anzumachen. Er hat sich lustig über mich gemacht."

„Oh, Nicolas. Warum hast du dich nicht einfach hier unten hingelegt?"

Hier unten war es nicht sehr gemütlich. Jedoch befand sich der Ofen hier und strahlte eine wunderbare Wärme ab. Mit ein paar Decken hätte er die Nacht hier ohne

Probleme verbringen können. Dies hatten sie doch sonst so oft getan.

„Wir müssen eine Lösung finden, Adam.", sagte er schließlich.

„Was meinst du?"

„Siehst du es denn nicht?! Sie will uns auseinanderbringen!"

Er sprang auf und lief rasend im Raum umher. Was ging in seinem Kopf nur vor? Hatte er erwartet, dass Mickaela nach der einen bestimmten Nacht ihn noch gleich lieben würde, wie zu ihren glücklichen Zeiten? Er hatte ihr wehgetan. Seelisch wie körperlich. Gedemütigt.

„Sie hat Angst vor dir!"

„Quatsch! Hast du jemals gesehen, dass sie Angst hatte? Vielleicht hat ihr es nicht gepasst, was wir … was ich mit ihr gemacht habe. Aber sie hat keine Angst. Noch nicht!"

„Noch nicht?"

„Noch nicht!"

Nicolas stampfte mit großen Schritten hinter die Theke und kramte in einer der Schubladen herum.

„Was hast du vor?" Adam lehnte sich über die Theke und schaute ihm neugierig wie auch besorgniserregend zu.

Ein Stapel Papiere, Umschläge und Zeitungen kamen zum Vorschein.

Er blätterte eine der oben liegenden auf und reichte sie ihm.

„Du wirst es nicht glauben, mein Freund." Er zeigte mit seinem Finger auf eine unten stehende Anzeige mit Foto.

Adams Augen wurden groß. Erinnerungen kamen hoch.

Mr. Constable.

Ein Foto von ihm und dem Waisenhaus, in dem Adam und Nicolas wie Gefängnisinsassen lebten, stand zum Verkauf!

„Warum steht es zum Verkauf?"

„Anscheinend waren wir mit die letzten, die dort lebten. Die meisten kamen ein oder zwei Jahre nach uns dort raus. Der Rest wurde in den letzten Monaten umquartiert. Grund war der Tod vom alten Direktor. Unser Mr. Constable übernahm alles und kam wohl nicht damit klar. Mehr weiß ich auch nicht."

Adam atmete auf. Ein paar Tränen rannen über seine Wange.

„Ein Glück. Weißt du noch? Wir wollten die restlichen Kinder dort vor ihm retten.", lachte er. Schuldgefühle für ihr Nichtstun kamen auf.

Nicolas hingegen ließ sich nicht erweichen. Er hatte ganz andere Pläne.

„Hör zu, Adam. Wir kaufen dieses Haus!"

„Kaufen? Mit wessen Geld?"

„Mit Mickaelas Erspartem machen wir eine Anzahlung. Und den Rest zahlen wir angeblich in monatlichen Raten ab."

„Angeblich?"

Adam und Nicolas setzten sich. Mickaela sollte noch etwas länger oben im Schlafzimmer warten müssen.

„Mr. Constable stellt es zum Verkauf. Adam! Ich habe einen Plan, wie wir zwei Fliegen mit einer Klappe schlagen können."

Der Plan war wie folgt: Nicolas und Adam würden sich mit Mr. Constable treffen. Sie würden sich etwas verkleiden, schminken, unkenntlich machen. Er würde ... dürfte keinen Verdacht schöpfen. Sie kaufen das Haus. Nach dem Abschluss der Verträge, einer letzten Besichtigung und der Schlüsselübergabe würden sie ihn dann schnappen. Jetzt könnten sie sich für all seine Taten rächen. Mickaela würde natürlich mit umziehen. Die Gaststätte müssten sie leider aufgeben. In diesem Haus gab es genug Platz. Es liegt einsam hinter einem kleinen Wald, abgelegen von der Stadt und anderen Dörfern. Dort hätten sie Mickaela wieder ganz für sich allein und niemand würde sie hören...

„Was hast du mit Mickaela vor?", fragte Adam ernst.

„Sie soll aufhören uns auseinanderzubringen! Wir müssen ihr das klarmachen. Ich will sie genauso wenig verlieren wie du. Aber sie muss gehorchen! Ansonsten weiß ich nicht, was ich mit ihr anstellen soll."

Adam nahm einen Schluck aus seinem Glas. Er wunderte sich nicht, dass es doch kein Mineralwasser, sondern Wodka war.

„Ich liebe sie."

„Ich liebe sie auch. Und ich liebe dich. Du willst doch auch, dass alles wieder so wird wie früher?"

Natürlich wollte er es. Mehr als alles andere. Nicolas Plan gefiel ihm. Er war zwar riskant und unsicher. Aber im Augenblick erschien ihm die Idee sehr gut.

„Was machen wir solange mit ihr?"

„Ich arrangiere so schnell wie nur möglich einen Termin mit Mr. Constable. In der Zeit mach mit ihr was du willst. Vögle ihr das Hirn aus ihrem kleinen süßen Kopf. Nur halte sie hier drinnen und erzähle ihr ja nichts von unserem Plan. Hast du verstanden, Adam?"

Verstanden.

23.

April 2002

Nick gefiel es gar nicht, wie es bisher abgelaufen war.
Er beobachtete jeden Schritt des Entführers und
bemerkte, dass er immer öfter Fehler machte.
Es fing schon mit dem Umrüsten des Hauses an. Man
bemerkte schnell, dass er kein Heimwerker-King war.
Die Wände mit extra Heizkörpern auszustatten, um die
Schlafzimmerräume in Saunen zu verwandeln, brachten
mehr Schaden und Geldsummen auf, als es ihm lieb war.
Dann die Badewanne als Amateur-Stangerbad
umzurüsten, war auch keine so glorreiche Idee gewesen.
Man hätte lieber eine Falltür oben an die Decke bauen
sollen, um im richtigen Moment einen Föhn oder
Ähnliches zu der Person in die Wanne werfen zu
können, als mit Fernsteuerung und erhöhter Voltzahl
einen zum Kochen zu bringen.
Aber gut. Er mochte es kreativ.
Dann die ersten zwei Mädchen. Sandra und Vanessa.
Was hatte er sich bei denen nur gedacht. Hübsch waren
sie. Gehorcht haben sie. Bis sie eine nicht verschlossene
Kellertür fanden. Der Entführer war nachlässig und
hatte vergessen, sie zuzuschließen. Sie kamen viel zu

weit. Konnten somit leider nicht mehr zurück.
Schließlich hatten sie ihren Entführer gesehen.
Zum Glück hatte er eine alte Schrotflinte in diesem
Jagdzimmer.
Mr. Constables Privatraum von früher.
Er musste sie beide leider erschießen. Beide in den Kopf.
Sie waren sofort tot. Und hinterließen einen
fürchterlichen Fleck auf dem Teppich.
Hier konnten sie nicht bleiben. Also trug er sie hoch.
Auf ins Esszimmer. Setzte sie wie Puppen an den Tisch.
Dann kam Jasmin. Oh, Jasmin. Er fand sie schon bei
ihrer Entführung sehr interessant. Interessant und
merkwürdig. Die süße Jasmin wehrte sich gar nicht. Sie
fiel einfach um und stellte sich tot. Vergleichbar mit
diesen kleinen Ziegen, die einfach umfallen, wenn sie
sich bedroht fühlen. Das brachte ihn schon zum Lachen.
Weniger zum Lachen war ihre Maßlosigkeit beim
Betrinken. Der Entführer hatte ihr viel zu viel gegeben.
Sie wäre beinahe an einer Alkoholvergiftung gestorben.
Viel zu lange hatte sie danach geschlafen und ihre
Langeweile ins Unendliche getrieben.
Später dann aber machte es ihr großes Vergnügen, alles
zu tun, was der Entführer ihr in seinen kleinen
Briefchen befahl. Sei es Lieder zu singen. Erotische
Tänze vor der Kamera aufzuführen und bei einem
entspannten Bad zu zeigen, wie sie es sich selbst
machen konnte. Irgendwann wurde aber auch dies
langweilig.
Man hätte Jasmin auch schreiben können, sie sollte
ihren eigenen Urin trinken und Kot essen. Sie hätte es
gemacht.

Eine Neue musste her! Der Entführer ging wieder auf die Suche. Auf der Suche nach ihr. Dem perfekten Mädchen.

Jolene Golden sah seinen Vorstellungen sehr ähnlich. Ihr Charakter gefiel auch sehr.

Jolene hatte wenig Angst. Zumindest zeigte sie es kaum. Am Anfang vielleicht, aber der Streit mit Jasmin und dann später ihre Aktion, sie zu retten, überzeugte! Als sie dann noch dem Entführer hinterherrannte und ihn zur Rede stellen wollte, da wusste er: Sie ist es!

Man fragt sich, wie lange es jetzt nur dauern würde. Was überhaupt passieren wird. Jolene. Die glückliche Gewinnerin.

24.

Januar 1995

Der Januar zeigte sich von seiner schlechtesten Seite.
Von Schnee keine Spur. Bloß Regen und Kälte. Am Tag
wie auch bei Nacht. Keine Aussicht auf Sonne.
Doch dies betrübte Adam und Nicolas nicht im
Geringsten. Denn heute war der Tag! Heute würden sie
den Vertrag mit Mr. Constable abschließen.
Er hatte keinen blassen Schimmer, auf was er sich da
einlassen hatte. Man sah ihm an, dass er froh war, den
alten Schuppen endlich loszuwerden. Die Jungs hatte er
nicht wiedererkannt. Adam und Nicolas ihn selbst auch
kaum. Er war in den letzten Jahren sehr gealtert.
Sein Haar war ergraut und sein Gesicht zeigte
wesentlich mehr Falten. Sein damals strenger Blick zog
sich in die Tiefe. Seine Lippen, trocken und spröde von
der Kälte, bildeten dazu noch unschöne Rhagaden in
seinen Mundwinkeln.

Mr. Constable, er wollte, dass man Ihn *Ed* nannte, war sehr liebenswürdig zu ihnen. Ungefähr fünf, sechs Mal trafen sie sich und besprachen alles. Ed zeigte ihnen mehrfach das Haus und das dazugehörige Gelände. Den damaligen Maschendrahtzaun gab es nicht mehr. Er erwähnte ihn auch nicht.

Es war ein großes Gelände. Das fiel Adam und Nicolas jetzt erst richtig auf. Man hätte viele schöne Sachen für die Kinder damals bauen können. Schaukeln, Sandkästen und vielleicht ein Klettergerüst oder sogar ein kleines Fußballfeld. Platz wäre dagewesen.

Das Haus war eine Katastrophe! Die maroden Dielenböden schienen ihre besten Jahre hinter sich zu haben und bei größerer Belastung einzubrechen.

Der Kleister hielt die Tapeten nicht mehr an der Wand. Die alte Holztreppe machte einen unsicheren Eindruck. In der Küche fehlten alle elektrischen Geräte. Ed hatte sie alle schon vorher verkaufen müssen.

Im Obergeschoss stand alles leer. Keine Betten, Schränke oder sonstige Möbel. In den Badezimmern gab es lediglich noch insgesamt vier Toiletten und drei Waschbecken. Sonst war schon alles abmontiert.

War dies wirklich mal ein Waisenhaus? Haben hier wirklich Kinder gelebt?

Man konnte sich kaum vorstellen, dass auch nur irgendetwas hier leben könnte.

Nun lebte nur noch einer hier.

Ed wohnte nach wie vor im Keller. In seinem kleinen Räumchen. Es schien das am besten erhaltene Zimmer in diesem Haus zu sein.

Durch den Kamin hatte er es angenehm warm dort unten.

Als Nicolas und Adam zum ersten Mal nach all den Jahren diesen Raum traten, kamen viele Erinnerungen in ihnen hoch. Sie hätten Ed am liebsten sofort in die Mangel genommen.

Vor allem als er ihnen sagte: *Die Kinder kamen gerne zu ihm hinunter, um sich am Kamin ihre kleinen Händchen aufzuwärmen.*

Nicolas erinnerte sich an die vielen Verbrennungen, die er ihnen zugezogen hatte!

Ed verriet sich in keinster Weise. In den Augen eines Fremden wäre er wohl der liebste, gutmütigste alte Mann gewesen.

Adam zitterte leicht vor Wut. Seine Augen fingen an zu tränen. Kalter Schweiß bildete sich auf seiner Haut. Übelkeit überkam ihn bei dem Gedanken an die vielen Schmerzen. Oft stütze er sich so gut es ging unauffällig ab, wenn die Erinnerungen wie ein gewaltiger Blitz durch sein Gehirn schossen und seine Beine nachgaben. Er musste sich zusammenreißen, um sie beide nicht auffliegen zu lassen. Nicolas erging es ebenso. Doch sah man sofort, er war der stärkere von beiden.

„Haben Sie denn schon Pläne für dieses Haus?", fragte er bei der letzten gemütlichen Runde mit einer heißen Tasse Kaffee unten in seinem *Jagdzimmer.*

„Nun...", fing Nicolas an. „Wir werden erst mal alles sanieren. Bisher sind wir zu dritt. Unsere bezaubernde Schwester wird mit uns hier einziehen. Wir lieben es abgeschieden. Gerne sind wir unter uns. Störende Nachbarn hatten wir lange genug. Ich denke, dieses Haus wird das richtige für uns sein."

Adam nickte zustimmend. Ed lächelte und zeigte vollstes Verständnis.

„Also ich kann Ihnen versichern, hier wird Sie niemand stören! Es ist sowohl leider als auch zum Glück kein besonders schöner Spazierweg! Kaum einer kommt hier vorbei." Das wussten Adam und Nicolas nur zu gut.

„Leider habe ich Ihre Schwester immer noch nicht kennengelernt...", gab Ed dann von sich.

„Das wird auch schwierig sein! Sie ist leider sehr introvertiert. Unsere Schwester hat es sehr schwer mit fremden Leuten. Vor allem mit fremden Männern. Wir bitten Sie um Verständnis."

Ed nickte, glaubte ihnen aber nicht so recht. Das war Adam und Nicolas jedoch so ziemlich egal. Er hatte so oder so nicht mehr so viel Zeit drüber nachzudenken.

„Gut, meine Herren. Dann bedanke ich mich und gratuliere Ihnen zu Ihrem neuen Zuhause." Er gab freudig erst Nicolas, dann Adam die Hand.

Mit einer kleinen Geste wandte sie sich von ihm ab, während er seine Papiere sammelte und in einen großen gelben Briefumschlag steckte.

In dem Moment der Unachtsamkeit trat Nicolas ihm mit Schwung ins Kreuz. Der alte Mann kam ins Stolpern, fiel nach vorne und stieß sich seine Schläfe am Couchtisch. Blut kam aus einer kleinen Wunde an seiner linken Augenbraue herausgespritzt. Sein Gesicht machte einen gequälten Ausdruck, bevor er das Bewusstsein verlor.

Aus seiner kleinen Wunde an der linken Schläfe, knapp über seinem Auge, perlte noch etwas Wundwasser. Die Stelle war etwas gerötet und geschwollen. Seine Augen taten ihm weh. Er hatte schlimme Kopfschmerzen und alles drehte sich um ihn herum. Er wollte aus diesem Karussell aussteigen, doch befand er sich nicht auf einem schönen weißen Pferd, einer sich um die eigene Achse drehenden Tasse oder einem knallroten blinkenden Feuerwehrauto, sondern auf einem kalten, aus Draht gefertigten Stuhl, irgendwo in einem dunkeln Raum. Nicht nur, dass seine Beine an den Stuhlbeinen und seine Arme hinten an der kalten Lehne gefesselt waren, seine nackte Haut schnitt in die unverarbeiteten scharfen Kanten des Stuhles, wie man Sie auf alten Bahnhöfen fand. Sie hatten ihm die Kleider ausgezogen. Er hatte es gar nicht mitbekommen. Ed fühlte sich zum allerersten Mal hilflos und verletzlich. Er war blind wie ein Maulwurf und konnte kaum etwas hören noch sich in irgendeiner Weise orientieren. Sein Pochen im Kopf machte ihm das Denken nicht einfacher. Ed versuchte sich zu erinnern. Was war geschehen?

Diese netten jungen Männer. Ein furchtbarer Schmerz in seinem Kreuz.

Seine Beine wurden zu Gummi. Dann wachte er hier auf. Kälte und Dunkelheit.

Schmerzen. Furchtbare Schmerzen. Und es waren ganz bestimmt nicht die letzten! Sonst hätten sie ihn doch nicht am Leben gelassen.

Wer waren diese zwei? Hatte er ihnen irgendwas getan? Er war doch ganz freundlich gewesen. Hatte ihnen mehrfach das Anwesen präsentiert, ihnen zu essen und zu trinken gegeben. Und der Preis war ohne weiteres ein Schnäppchen! Er hätte auch viel mehr dafür bekommen können. Aber dann hätte keiner so schnell zugeschlagen. Er wollte aus diesem verfluchten Haus raus. Viel zu lange lebte er schon hier. Die Kinder von früher machten ihm das Leben auch nicht leichter. Diese Nervensägen! Null Disziplin. Kein Respekt. Nie hörte auch nur einer auf ihn. Nur zu Recht hatte er sich

144

den Schlagstock besorgt. In seiner Erziehung damals ging es nicht anders zu. Wieso sollten sie es besser haben? Und siehe an, plötzlich hatten sie Respekt vor ihm. Er bekam ein Ansehen unter den Kindern. Sie nannten ihn *Mr. Constable*. Es machte ihm Vergnügen in ihre kleinen ängstlichen Augen zu schauen. Nach einer gewissen Zeit merkte er jedoch, dass er zu weit ging. Diese Befriedigung, Kinder absichtlich zu quälen, war krank. All die Jahre. Dann schloss irgendwann das Heim. Die Kinder wurden in ein größeres, moderneres Kinderheim gebracht. Und plötzlich war es ganz still in seinem Haus. Die anderen Lehrer und Erzieher suchten sich woanders Arbeit und ein neues Zuhause. Nur er blieb zurück. Warum sollte er sich jetzt, in seinem Alter noch eine neue Arbeit suchen? Er hatte genug Geld. Schon immer gehabt. Als seine Eltern innerhalb eines Jahres starben, hatte er ein großzügiges Erbe von ihnen erhalten, unter anderem dieses Kinderheim. Nun war es aber zu groß für ihn. Er wünschte sich eine kleine Einliegerwohnung. Am besten, in der schon alles mit inbegriffen war. Eine Einbauküche, vielleicht eine schöne Badewanne und ein Balkon mit weiter Sicht. Dort würde er den Rest seines Lebens verbringen. Aber es kommt immer anders, als man denkt.

Die Tür ging auf und es wurde hell im Raum. Das Licht brannte in seinen Augen. Das Pochen wurde schlimmer und es wurde ihm übel dabei.
„Guten Tag, Ed."
Nur langsam gewöhnte er sich an das grelle Licht. Sie befanden sich in einem der hinteren Kellerräume, die als Abstellkammer für Lebensmittel und oder damaligen Schulutensilien dienten.

145

Verkrampft versuchte er, eine aufrechte Haltung in seinem gefesselten Zustand einzunehmen.

„Ed oder sollten wir Sie lieber Mr. Constable nennen?" Die Katze war aus dem Sack. Sein Atem stockte. Sein Herz machte einen Satz. Seinen alten Spitznamen hatte er schon lange nicht mehr gehört. Diese zwei jungen Männer waren ehemalige Heimkinder gewesen.

„Erinnern Sie sich an uns, Mr. Constable?", fragte Adam. Sein blondes, schulterlanges Haar war glatt nach hinten gebürstet. Eine schwarze runde Bille machte ihn älter, als er wohl eigentlich war.

Der andere von Ihnen, er war schmaler und hatte dunkles Haar, kurz geschnitten. Er sah viel junger aus als der Blonde. Er hatte ein interessantes Gesicht. Ein bestimmt prägnantes. Seine Augen funkelten ihn rachesüchtig an.

„Nicolas?" Seine Stimme bebte. Die Angst war ihm ins Gesicht geschrieben.

„Wow! Sie erinnern sich sogar noch an meinen Namen." Er lachte und gab Ed einen sanften Klaps auf die Wange.

„Bist du auch so gut und erkennst meinen besten Freund hier?"

Er schlug seinen Arm um Adams Schulter. Seine Brille rutschte ihm etwas von der Nase.

„Aber ja... Ihr wart gut miteinander befreundet. Adam?" Adam nickte.

„Gut, gut. Ich kann verstehen, dass ihr wütend seid." Er wollte mit seinen Händen reden, wahrscheinlich wäre er am liebsten auf seine Knie gegangen und hätte ihnen die Füße geküsst. „Ich bitte euch. Es ist so viel Zeit vergangen. Ihr habt es mir gezeigt. Ich habe nie mehr ein Kind angerührt. Das schwöre ich! Lasst einen alten Mann wie mich doch gehen. Bitte."

„Bitte und bettel so viel du willst, alter Mann. Wir lassen dich nicht so einfach gehen." Nicolas ließ Adam wieder los und schritt zu einem im Schatten liegenden Regal. Adam krempelte in der Zeit seine Arme hoch. Er hatte noch das gleiche Hemd wie gestern an. Er hörte Nicolas etwas rumräumen.

„Was macht er da? Adam! Bitte tut mir nichts!"

Lächelnd schüttelte Adam nur den Kopf und wandte sich seinem Freund zu.

Dieser kam mit zwei mit schwarzem Leder ummantelten Schlagstöcken zurück. Adam bekam einen davon.

Panik kam in Ed hoch. Er wollte aufstehen und davonrennen. Mit jeder weiteren ruckartigen Bewegung schnitt er sich mit dem Draht noch mehr ins Fleisch. Nicolas machte die typische Bewegung eines Schlägers, um seinem Gegner noch mehr Angst zu machen, und schlug sich sanft selbst in die hohle Hand.

„Wir haben so oft spüren müssen, wie sich das anfühlt. Jetzt bist du dran."

„Nein bitte nicht! Überlegt doch mal, was ihr hier tut!"

Nicolas holte aus und schlug ihn bedacht nur mit halber Kraft auf seine verwundete Schläfe.

Die Wunde platze erneut auf und Blut quoll hervor. Sein linkes Auge schwoll sofort an.

„Hast du überlegt, was du damals mit uns gemacht hast?! Ich verstehe bis heute nicht, dass kein Aufsichtsamt oder Polizei jemals zu uns gekommen ist und unsere Zustände gesehen hat!"

Noch ein Schlag von der anderen Seite.

„Du hattest bestimmt deine Finger im Spiel! Oh glaub mir, Ed. Niemand wird jemals deinen Zustand mitbekommen! Dafür sorgen wir."

Und noch ein Schlag.

Nicolas atmete tief durch. Das Gebrüll hatte ihn durstig gemacht. Er trat wieder zum Regal und man hörte ein Zischen einer Flasche, die geöffnet wurde.

Ein paar große Schlucke. Ein tiefes Durchatmen. Es hörte sich stark nach Erleichterung an. Dann kam er wieder. Setzte neu an und schlug wie wild auf Ed ein. Diesmal mit voller Kraft.

Als er von ihm wegtrat, saß Ed blutüberströmt, schlapp auf seinem Stuhl.

Seine Brust hob sich schwer und ein Pfeifen war in seiner Atmung zu hören.

Beide Augen waren zugeschwollen und bläulich verfärbt. Seine Wangen, Schultern und Beine aufgeplatzt. Es wäre kein Wunder, wenn ein paar Rippen gebrochen wären.

Nicolas leerte seine Wasserflasche und schmiss sie genau gegen Mr. Constables Kopf.

„Adam?"

Er stand ruhig in der Ecke, machte sich durch ein leises Brummen bemerkbar.

„Du bist dran."

Adam nickte und trat vor. Er fühlte sich, als könnte er Bäume ausreißen.

Mr. Constable persönlich vor ihm gefesselt, hilflos. Wehrlos.

Seine Schultern hoben und senken sich immer schneller. Sein Puls raste.

Er nahm den Knüppel fest in die Hand, hob seinen Arm und verpasste ihm mit voller Wucht einen Schlag gegen seinen Kiefer. Es kackte laut und seine Haut zerriss. Blut tropfte mehr und mehr auf seine nackte Haut. Adam hatte ihm den halben Kiefer mit aller Kraft weggerissen.

Nicolas und Adam. Dass er sie jemals wiedersehen würde. Warum waren sie nicht über alle Berge? Warum mussten sie sich denn für das alte Kinderheim interessieren? Konnten sie nicht Ihre Vergangenheit ruhen lassen?
Mussten sie wiederkommen? Er hätte es jedenfalls so gemacht.
Gerade seine zwei damaligen *Lieblingskinder*.
Es war kein Wunder, dass sie wiederkamen und Rache schworen. Er hatte es verdient. Verdammt, er hatte es verdient!
Das Licht ging wieder an. Ed konnte nicht mehr richtig sehen. Zu sehr hatte er sich an die Dunkelheit gewöhnt. Wie lange war er schon hier unten?
Er hörte zuerst Lachen, dann weiteres Gebrummel. Sein Blick durch seine geschwollenen Lider wurde besser. Nicolas stand vor ihm. Adam fehlte.
„Guten Abend, Mr. Constable."
Er nahm Ed am Stuhl und zog ihn zu einem Tisch. Das Gerüttel brachten seine Schmerzen wieder zum Vorschein. Auf dem verstaubten alten Tisch stand ein Besorgnis erregender Gegenstand. Nicolas holte ein Feuerzeug aus seiner Hosentasche und nahm den schweren Bunsenbrenner in die Hand. Er entzündete die Flamme und drehte am Justierrad, bis die Flamme den gewünschten rot-orangenen Farbton hatte. Danach

stellte er den Bunsenbrenner direkt unter seinen Stuhl. Benommen schaute er Nicolas bei seinem Vorgehen zu. In Kürze würde sich der Draht erhitzen und seine Haut verbrennen.

Er wollte schreien und sich beschweren, doch sein Gesicht schmerzte zu sehr.

Nicolas holte aus dem hinteren Regal ein geschärftes Rasiermesser. Mit Schwung rammte er es in den Tisch. Danach befreite er einen von Eds Armen.

„Ja. Bidde... Lassnse mich fre!", flehte er mit seinem gebrochenen Kiefer.

„Ich lass Sie nicht frei. Sie haben die Wahl. Wahrscheinlich merken Sie jetzt schon, wie sich der Draht unter Ihrem Arsch erhitzt und in Kürze schlimme Verbrennungen anrichten wird. Ein schmerzvoller langsamer Tod wird auf Sie zukommen. Oder sie haben ihre linke Hand frei, um sich das Messer zu packen und sich selbst ein schnelles Ende zu bereiten. Sie haben die Wahl. Wir werden den Bunsenbrenner nicht ausstellen."

Mit diesen Worten schritt Nicolas aus dem Zimmer. Er ließ das Licht an und schloss die Tür hinter sich. Man hörte, wie er sich von seinen übrigen Fesseln befreien wollte, aber nicht genug Kraft aufbringen konnte. Unverständliche Hilferufe kamen hinter der Tür zum Vorschein. Nicolas schenkte ihnen keine Beachtung. Er stellte sich vor, wie der Draht anfängt zu glühen und sich in seine Pobacken hineinfrisst.

Hinter der Tür wartete Adam. Beide wussten nicht, wie sich Mr. Constable letztendlich entscheiden würde. Sekunden nachdem Nicolas die Tür geschlossen hatten, hörten sie qualvolle Schreie. Sie warteten und horchten zu. Der Geruch von verbranntem Fleisch stieg ihnen in die Nase. Als nach wenigen Minuten die Schreie immer leiser wurden und zum Schluss verstummten, schauten sie sich gegenseitig tief in die Augen und verspürten das wohlige Gefühl der Genugtuung.

25.

August 1995

„Adam, kannst du es glauben! Es sieht fantastisch aus!"
„Es ist nicht mehr wiederzuerkennen."
Nicolas öffnete den Wein. Er roch an dem Korken und
seufzte zufrieden.
Sie machten ein Picknick im Garten mit Blick auf ihr
Zuhause. Endlich waren die Maler fertig geworden. Das
Haus strahlte in einer neuen weißen Fassade.
Die Sonne versank hinter den Bäumen und verfärbte die
Umgebung mit einem rosa Stich. Warmer Wind wehte
um ihr Haar.
Sie kamen gut voran mit dem Haus und dem
Grundstück. Der Rasen wurde gemäht und von Unkraut
befreit. Ein neuer Weg wurde zum Eingang gepflastert.
Und auch im Inneren sah nichts mehr so aus, wie es
mal war. Allein die große, alte Holztreppe war übrig
geblieben.
Die Wände waren neu tapeziert. Die Böden auf ihre
Standfestigkeit geprüft und teils erneuert. Die Küche
geputzt, gereinigt und mit neuen Geräten versehen.
Die Möbel durfte Mickaela aussuchen. Sie hatte einen
ganz bestimmten Stil. Wenn man in das Haus
hineintrat, fühlte man sich wie durch ein Portal in eine

andere Zeit versetzt. Roter Samt in jeder Ecke machte es zu einem gemütlichen wie auch erotischen Zuhause. Mickaela entschied sich für dunkle, schwere Möbel. Man trat in die Zimmer und wollte sofort eine Zigarre rauchen und einen Scotch trinken. Andererseits ging es auch in die Richtung, wie die Großeltern damals ihr Haus eingerichtet hatten. Mit Häkeldeckchen und hässlichen Gardinen. Es war eine ungewöhnliche Mischung.

Doch Adam und Nicolas ließen ihr den Spaß.

Nicolas arbeitete weiter in einer Agentur in der Stadt und machte zusätzlich eine Ausbildung in einer Polizeischule ungefähr eine Fahrtstunde von ihnen. Adam wunderte sich wegen der Stelle, fragte aber nicht weiter nach.

Adam kümmerte sich in der Zeit um die weiteren Renovierungen im Haus sowie um Mickaela.

Ja, Mickaela. Sie ließen ihr viel Freiraum. Ein eigenes Badezimmer wie auch ein eigenes Schlafzimmer. Nicolas und Adam teilten sich ein Schlafzimmer und ein Bett. Ihre Liebe brannte. Aus einer Dreierbeziehung wurde immer mehr eine normale Beziehung zwischen zwei jungen, attraktiven Männern.

Mickaela war bald nur noch eine *Freundin* für Nicolas. Sie reizte jedoch Adam weiterhin.

Nicolas wusste es, wollte es aber nicht sehen. Somit verliefen die Wochen damit dass, wenn Nicolas zu Hause war, Adam nur Augen für ihn hatte und wenn er in seiner Abendschule war, Adam zu Mickaela ins Bett stieg.

Alles schien in Ordnung, bis Nicolas an jenem Abend Besuch mit nach Hause brachte.

26.

September 1995

Draußen schien der Wind anzukurbeln. Man sah es an den wackelnden Ästen, den raschelnden Blättern und dem nervigen Glockenspiel, welches an einem der Fenster hing. Es wurde kühl gegen Abend. Der Wind bereitete eine Gänsehaut. Mickaela schloss das Fenster im Esszimmer und deckte weiter den Tisch. Der leckere Duft von frisch gebackenem Zwiebelbrot lag im Raum. Nicolas war noch in seiner Abendschule. Polizist wollte er werden. Darüber konnte Mickaela nur lachen. Wenigstens hatten Adam und sie somit mehr Zeit für sich.
Insgeheim vermisste sie die Nähe zu Nicolas. Seinen Körper. Den wilden Sex. Adam jedoch wurde zu ihrer großen Liebe.
Sie hörte ihn die Treppe runterkommen. Die alte Treppe knarrte so laut, man hörte sie im ganzen Haus. Fröhlich summte er vor sich hin. Freute sich auf das Abendessen.
„Micka, was riecht so gut?"

Sie lächelte ihm zu. „Ich habe Brot gebacken. Dazu etwas Fleisch und Gemüse. Wann kommt Nicolas nach Hause?"

Adam klammerte sich langsam an ihren Rücken und umarmte Sie mit seinen starken Armen. Ihr Haar roch ebenfalls so gut!

„Er müsste jeden Moment nach Hause kommen."

„Er war noch nie der Pünktlichste."

Er küsste ihren Nacken, leckte bis zu Ihrem Ohr. Knabberte an ihrem süßen kleinen Ohrläppchen.

„Wenn wir mehr Zeit hätten, würde jetzt kein Geschirr auf dem Tisch liegen, sondern du.", stöhnte er leise und erregt. „Und ich auf dir."

Mickaela lächelte und stellte sich das berauschende Bild vor.

Sie hatten es schon oft auf dem Tisch getan. Auf jedem einzelnen Stuhl und auf dem Fußboden. Meistens unerwartet vor oder nach dem Liebesakt im Bett.

Ach, wenn doch Nicolas noch der Alte wäre. Dann könnten sie sich zu dritt wieder lieben. Hass und Liebe lagen so nahe beieinander. Es war kaum auszuhalten.

Draußen hörte man den Wind heulen.

In dem Moment bekam Mickaela erneut eine Gänsehaut. Sie hatte das Gefühl, das Licht wurde gedämmt und alle Laute, die sie hörte, verstummten, als Nicolas zur Tür reinkam mit einer jungen schlanken Blondine an der Hand.

In dem Moment, als Adam sie sah, seine Hände sich von ihr lösten und seine Augen immer größer wurden, in dem Moment, als Adam zu Nicolas und der Frau schritt und sie herzlichst begrüßte, in dem Moment als Nicolas eine neue Frau mit ins Haus brachte, wusste Mickaela:

Diese Frau war ihr Untergang.

Katharina hieß die junge gutaussehende Frau.
Dreiundzwanzig Jahre alt. Volles blondes Haar mit
einer voluminösen Dauerwelle.
Ungefähr 1.6o m. Strahlend blaue Augen. Lange
künstliche Fingernägel, die wohl jede Woche neu
angefertigt wurden, in grellem Rot. Ihre Figur war mehr
als schlank. Sie hatte weder eine geformte Taille noch
ansehnliche Brüste. Jedoch verstrahlte sie so viel
Sexappeal. Ihr gesenkter Blick durch ihr goldenes Haar
war ihr Sieg.
Nicolas hatte sie zum Abendessen eingeladen. Er hatte
nie zuvor über eine Katharina geredet. Aus der Stadt
kam sie. Besuchte mit Nicolas die Abendschule.
Sie lachten sehr viel an dem Abend. Alle bis auf
Mickaela.
„Katharina, so einer wie dir begegnet man aber auch
nicht alle Tage!"
„Ach das ist noch gar nichts. Nachts bin ich noch viel,
viel besser!"
Anspielungen über Anspielungen.
„Das Brot schmeckt sehr frisch, ein Lob an euren Bäcker.
Aber ich bringe demnächst mal richtiges Brot mit! Wir
haben eine echte deutsche Bäckerei in unserer Straße!"
„Das Brot hat Mickaela gebacken.", erklärte Adam ihr.
„Oh, du musst unbedingt mal meins probieren!"
Die Männer merkten gar nicht, wie verletzlich sich
Mickaela fühlte.
Nicolas schenkte ihr immer mehr Wein ein, bis sie den
gewünschten Satz von sich gab: „Ich kann unmöglich
noch Auto fahren! Kann ich bei euch übernachten?"

Noch nie hatte Mickaela Eifersucht verspürt. Damals nicht in ihrer Dreierbeziehung, in der jeder mit jedem schlief, als auch jetzt, wenn Adam alleine zu Nicolas ging und sie selbst sich nur noch als Mitbewohner ansahen.

Nicolas würde hundertprozentig die Nacht mit Katharina verbringen. Wo würde Adam sein?

Vergeblich suchte sie seinen Blick. Hin und wieder lächelte er sie an, zwinkerte ihr zu als würde er sagen: *Hey, alles in Ordnung.*

Sie fühlte sich ersetzt. Aus ihrer Rolle herauskatapultiert. Katharina durfte nicht ihren Platz einnehmen!

„Mickaela! Hör auf zu träumen und hol noch eine Flasche Wein."

Verwirrt blickte sie in die Runde. Sie hatte gar nicht mehr zugehört, worüber sie redeten.

„Sie hat kaum einen Schluck getrunken und ist schon so benebelt?", lachte Katharina.

Adam schüttelte den Kopf und stand auf.

„Komm Micka, ich gehe mit dir."

Er hielt ihr die Hand hin. Seine große starke Hand. Er half ihr hoch und zusammen gingen sie in den Flur.

„Du scheinst dich nicht wirklich zu amüsieren.", stellte Adam fest.

„Soll das ein Witz sein?"

„Was ist los mit dir?"

„Was ist los mit euch? Telepathisch streitet Nicolas und du euch wahrscheinlich schon, wer sie zuerst ficken darf."

Adam machte die Tür zum Keller auf und das Licht an. Ein kurzes Schmunzeln konnte er sich nicht verkneifen.

„Mickaela, das ist doch Blödsinn!"

Sie gingen in Richtung Jagdzimmer, wo sie den Wein lagerten.

„Adam, ich will sie hier nicht haben! Sie wird alles kaputtmachen!"

„Was denn kaputtmachen? Lass Nicolas doch seinen Spaß mit ihr."

„Ja, Nicolas. Und was ist mit dir?"

Er holte einen tiefroten Südländischen und verschloss den Schrank.

In ihren Augen sah er, dass es nicht mehr lange dauerte würde, bis die ersten Tränen kullern würden. Wie konnte er es zulassen, sie so eifersüchtig zu machen? Sie war doch sein ein und alles!

„Micka…"

„Ich hasse sie! Sie wird alles kaputtmachen!"

Er stellte den Wein ab, umfasste ihre Schultern und küsste sie zärtlich. Mickaela verlor sich in seiner Umarmung. Oben hörten sie Schritte. Die alte Holztreppe.

Sie schauten beide auf. Hörten, wie die Schritte immer leiser wurden.

Adam grinste. „Anscheinend brauchen sie keinen Wein mehr…"

Sie sagte nichts. Ihr Blick sagte alles.

Sie zog ihn näher zu sich. Lehnte sich an die Garnitur und knöpfte sein Hemd auf. Adam ließ es geschehen.

Mitten in der Nacht wachte Adam auf. Ein lauter Schrei! War dies ein Albtraum? Wo befand er sich? Langsam tastete er sich vor. Er lag auf einem Sofa. Das Jagdzimmer. Mickaela und er sind nach ihrem Liebesspiel nicht mehr in ihre Schlafräume gegangen. Wo war Mickaela? Es brannte kein Licht. Er sah keine

Umrisse eines Frauenkörpers auf dem anderen Sofa liegen. Was war das für ein Schrei?

„NEIN!!!"

Dies war kein Traum. Nicolas?

Adam stürzte aus dem Zimmer, aus dem Keller die Treppe hoch. Geschrei hallte in den Fluren.

„Lass sie los!"

Mickaela!

Die letzten Stufen erklommen, atmete Adam schwer auf. Sein Herz pochte wie wild. Ihm wurde schwindelig. Hektisch suchte er den Lichtschalter. Das grelle Licht brannte in seinen Augen.

Nicolas Schlafzimmertür stand auf. Im Rahmen Mickaela. Sie hatte noch die Sachen von heute Abend an. Das Blut war neu.

Er trat näher. „Was ist passiert?", fragte er ängstlich.

„Was hast du getan?"

Mickaela krampfte und heulte und schmiss das mit Blut verschmierte Messer auf den Teppich.

Adam starrte hinterher. Wessen Blut war das?

Er schaute ins Schlafzimmer. Katharina lag reglos im Bett. Ihr ganzer Oberkörper voller Blut und zerfetztem Fleisch. Mickaela hatte mehr als einmal zugestochen. Daneben Nicolas. Er starrte abwechselnd Mickaela und Katharina an. Auch er voller Blut versuchte, in irgendeiner Art Hilfe zu leisten. Doch wussten alle, dass sie schon längst tot war.

„Was hast du getan!", wiederholte Adam.

„Ich habe getan, was notwendig war!"

„Du hast sie umgebracht!", brüllte Nicolas und hielt Katharina beschützend in seinen Armen.

„Sie wollte uns auseinanderreißen!"

„Ist das ein Grund, ihr ein Messer in den Bauch zu rammen?!"

Mickaela stampfte in sein Zimmer und riss sie ihm aus den Armen. Ihr lebloser Körper fiel zu Boden.

Adam konnte seinen Augen nicht trauen. Seine Mickaela! Eine Mörderin!

Eine Verrückte!

„Wir müssen sie wegschaffen!"

Nicolas sprang aus dem Bett und schlug ihr mit der Faust ins Gesicht.

„Dich müsste man wegschaffen, du verdammte Irre!"

Er holte erneut zum Schlag aus, doch Adam fing ihn ab.

„Tu es nicht! Bitte!"

„Katharina ist tot!" Nicolas sank zu Boden. Adam setzte sich neben ihn und hielt ihn fest.

Mickaela schrie: „Warum hast du sie mitgebracht? Verdammt, es ist alles deine Schuld! Warum musstest du sie mitbringen! Hast du sie geliebt?"

Nicolas schaute sie an. Wischte sich die Tränen aus seinem Gesicht und wurde plötzlich ganz still.

Mickaela setzte sich aufs Bett und wartete.

„Ich habe sie nicht geliebt!", flüsterte er dann. „Aber du hast mich ja nicht mehr an dich rangelassen!"

 Mit dieser Antwort rechnete keiner der beiden.

Er stand auf. „Ich war eifersüchtig auf dich und Adam! Ihr Turteltauben. Habt es in unserem Haus getrieben. Aber ich durfte dich seit dem einen Abend nicht mehr berühren!"

„Du hast mich vergewaltigt!"

„Und ich wollte es ein zweites Mal tun!"

Die gleiche Gänsehaut wie schon zuvor, als sie Katharina zum ersten Mal sah, überkam sie. Diesmal keine Eifersucht, sondern Angst.

„Doch dann traf ich Katharina. Sie wollte mich. Und ich dachte mir: Hey, wieso nicht?! Und dann bringst du sie um, nur weil ich mit ihr geschlafen habe! Sie hatte nicht vor sich an Adam ranzuschmeißen!"

Mickaela schüttelte ungläubig den Kopf.

„Du verdammtes Miststück! Du bist eifersüchtig? Ich werde es dir geben, sodass du nie mehr eifersüchtig wirst!"

Er machte einen großen Schritt und schlug ihr ein zweites Mal ins Gesicht. Schwach fiel sie nach hinten aufs Bett.

„Adam! Hol die Handschellen aus meinem Rucksack!" Beunruhigenderweise turnte es ihn an. Adam gehorchte. Er gab ihm die Handschellen. Nicolas schnallte sie am Bettrahmen fest.

Sie war wie betäubt vom letzten Schlag. Mit schmerzverzerrtem Gesicht räkelte sie sich vor ihm im Bett. Adam stand neben ihm.

„Nicolas. Was hast du vor?"

Er zog seine Hose aus und setzte sich auf sie.

„Adam. Sei so gut und lass die Leiche verschwinden. Vergrabe sie tief im Wald!"

„Und Mickaela?"

Nicolas schaute kurz runter zu Katharina, dann ein ausdrucksloser Blick auf Adam und zum Schluss zu Mickaela.

„Ich kümmere mich um sie."

Sie drehte mehr und mehr den Kopf und bemerkte schnell, dass sie bewegungsunfähig war.

„Was soll das?", fragte sie ängstlich.

Adam warf mit Ruck die tote Katharina über die Schulter und starrte Mickaela an. Mickaela! Er liebte sie.

Aber noch mehr liebte er Nicolas. Und was Nicolas sagt, wird gemacht.

„Oh, Adam und ich werden uns köstlich mit dir amüsieren. Wie in alten Zeiten. Ob du nun Spaß damit haben wirst oder nicht, ist uns scheiß egal."

Er drehte sich kurz zu Adam um.

„Adam. Schlaf mit ihr so oft und so hart wie du willst. Und bitte, bitte, hör nicht auf ihr Geschwafel. Sie hat hier nichts mehr zu sagen!"

Er drehte sich wieder zu ihr um und lehnte sich mit vollem Gewicht auf sie. „Du wirst den Rest deines Lebens an diesem Bett gefesselt sein!"

Adam nickte. Er war zufrieden mit der Entscheidung. Keinesfalls hatte er sich so etwas ausmalen können. Nicolas hatte es möglich gemacht.

Ohne Worte, nur mit einem beruhigenden Lächeln im Gesicht verließ er mit Katharina das Schlafzimmer. Er schloss die Tür, ging die Treppe hinunter. Die Blutflecken, die Katharina hinterließ, würden schwer aus dem Teppich rauszubekommen sein. Aber darüber machte er sich keine allzu großen Sorgen. Er stampfte mit Katharina gemütlich nach draußen. Holte eine Schaufel aus dem Schuppen und wanderte mit der Leiche in den Wald. Und nun, seit langer Zeit, musste er wieder an seinen Vater denken.

27.

April 2002

„Vier Mädchen. Alle sehen sie gleich aus. Haben fast alle den gleichen Charakter, nehme ich an...."

„Hört sich an wie ein Sammler."

„Ja... ein Sammler. Könnte sein. Ich denke aber an was Größeres."

„An etwas Größeres? Nick, wir haben es hier mit einem verrückten Mädchensammler zu tun. Was könnte schlimmer sein?"

Nick McSerry hatte es schwer mit Mrs. Golden. Wie konnte er es ihr erklären?

Sie auf die richtige Spur locken? Sie saß da auf seinem Sofa, trank gierig ihre Cola und hatte von nichts eine Ahnung.

„Vielleicht trauert dieser Wahnsinnige um eine verlorene Liebe?"

Ellen schaute ihn verwirrt an.

Er trug an diesem Tag eine schwarze Jeans mit einem ordentlich gebügelten dunkelblauen Hemd. Es stand ihm sehr gut. Warum war er heute so chick angezogen?

Wollte er für ihr Treffen gut aussehen? Was machte sie sich bloß für Gedanken! Es geht hier um ihre Tochter, verdammt!

„Eine verlorene Liebe. Und Sie meinen, Nick, dass er sie mit Jolene ersetzen will?"

„Es könnte gut möglich sein!"

„Und was ist mit den anderen drei Mädchen?"

Er stellte seine Cola auf den Rand des Tisches und strich sich durch sein Haar. Es sah frisch gewaschen und voller Volumen aus. Bestimmt duftete es gut.

„Es wurden noch keine Leichen gefunden. Das ist ein gutes Zeichen."

„Hoffentlich hält er sie nicht wie in einem Harem!"

Scheiße, warum ist uns Das nicht eingefallen?!

„Gut möglich. Aber ich glaube, dass er nur eine haben will."

Ellen Golden öffnete den ersten Knopf ihrer Bluse. Ihr wurde plötzlich ganz warm und ihre Haut schien zu glühen!

Gut, das Liquid ecstasy wirkt so langsam.

Ellen bemerkte seine Blicke.

„Entschuldige, es ist so warm hier drin."

„Nur keine falsche Bescheidenheit, Mrs. Golden."

„Ach, nennen Sie mich doch Ellen."

„Okay, Ellen."

Sie merkte, wie die Röte sich in ihrem Gesicht ausbreitete. Seine Stimme hallte sanft in ihrem Kopf. Seine Lippen bewegten sich langsam. Ellen beobachtete sie ganz genau. Seine Augen hatten diese Magie, die sie förmlich anzog. Nein, wohl eher auszog! Er schaute sie an. Von oben bis unten. Sie fühlte sich nackt und hilflos bei dem Gedanken, er würde nicht nur ihr Gesicht begutachten. In einer gewissen Weise fand sie es spannend und erregend zugleich.

„Okay, Ellen. Nun sagen sie mir. Wo könnte sich so jemand

wohl verstecken?"

Sie schreckte auf. „Bitte was?"

„Wo könnte er sich aufhalten? Er muss ein Versteck haben. Ein Domizil. Eins, das abseits der Stadt liegt aber groß genug für seine vier Mädels und ihn ist."

Komm schon, Ellen! So schwer ist das nicht.

Nicks Plan sah folgendermaßen aus: Mrs. Golden, Ellen, musste auf den Trichter kommen, wo sich der Entführer aufhalten könnte.

Am Anfang heulte sie nur herum. Die Frau war zu nichts zu gebrauchen. *Jolene hier. Jolene da. Mein armes Kind, Jolene.* Nach der Cola mit einem Fitzelchen Liquid ecstasy hörte sie schon mal damit auf. Es machte es jedoch keineswegs leichter. Ihre Konzentration flog davon. Doch konnte Nick ihr somit leichter Hinweise geben, ohne dass sie sofort ahnte, dass er was wusste. Ellen würde bald alle Puzzlestücke zusammenfügen. Sie würde die Polizei anrufen, aber keinesfalls auf sie warten. Wenn alles so läuft, wie es Nick sich ausgemalt hatte, würde Ellen darauf bestehen, zum Haus zu fahren, um mit seiner Hilfe Jolene selbst befreien zu können.

„Sie kennen sich hier in der Stadt und Umgebung doch bestimmt besser aus als ich!", behauptete er.

Ellen überlegte. Doch in ihrem Kopf drehte sich alles. Dabei hatte sie doch außer Cola nichts getrunken!

„Ich weiß nicht genau. Es gibt so viele Möglichkeiten."

Verdammt, Ellen!

Er machte einen Satz nach vorne.

„Verdammt, strengen Sie sich doch mal an! Schalten Sie Ihr Köpfchen mal ein. Es geht hier schließlich um Ihre Tochter!"

Bei dieser Behauptung, sie würde sich für ihre Tochter nicht genug anstrengen, kamen Ellen die Tränen. Sie war so emotional geladen. Sie versuchte ja, sich anzustrengen. Doch schien ihr Kopf bald zu platzen. *Hoffentlich hab ich ihr nicht zu viel gegeben...*

„Ach Ellen, nicht weinen. Sie werden Jolene früher wieder sehen, als sie vielleicht vermuten."

„Bitte! Sie wissen doch mehr als ich. Sie wissen, was in den Köpfen von solchen Monstern vorgeht. Was meinen sie wo er sich aufhält und meine Tochter gefangen hält?"

Oh ja, das weiß ich genau.

„Gut, Ellen. Ich vermute, kann mich natürlich auch täuschen, dass es ein großes alleinstehendes Haus ist. Und ich glaube, ich vermute, dass es außerhalb der Stadt ist. Dort ist er ungestört."

Ellen wischte sich die Tränen nickend aus dem Gesicht. „Das klingt logisch."

Wer hätte gedacht, dass unser schönes Zuhause mal zu so etwas wird...

„Und kennen Sie so ein Haus?"

Warum wurde Nick so unruhig? Schon fast unangenehm. Sein Verhalten, so aufbrausend. Er machte ihr schon fast Angst. Er sollte aufhören so unfreundlich zu sein!

„Hmm, ich weiß nicht.", gab sie kleinlaut zu.

Ich hätte ihr eins überbraten sollen und sie zu dem Haus schleifen sollen!

Nick, der über ihr stand, beugte sich über Ellen und lehnte sich mit seinen Armen direkt über sie. „Oh Ellen!

Sie bringen mich noch zur Weißglut! Sind Sie wirklich so dumm!"

Seine Stimme hallte plötzlich nicht mehr sanft in ihrem Kopf. Er war genau über ihr und brüllte sie an. Sein Kopf wurde rot und eine Ader mitten auf seiner Stirn pulsierte heftig.

„Ein großes Haus! Außerhalb der Stadt! Wo man genug Platz hat. Genug Platz für vier *Kinder*..."

Ellen ging ein Licht auf. *Kinder* – das Schlüsselwort.

„Oh, da kenn ich etwas!"

Weiter mit dem Plan: Nachdem Nick überraschenderweise Ellen unbeobachtet ins Haus schmuggeln und Jolene finden würde, wäre Ellen ganz fixiert auf ihre Tochter. Falls der Entführer dann auftauchte, würde Nick ihm eine überziehen. Nick wäre der Held, der Fall mit den Mädchen wäre endlich abgeschlossen und der Entführer käme in die nächstbeste Anstalt. Nick betete, dass es so ablaufen würde!

„Was kennen Sie, Ellen? Sagen Sie es mir!"

„Drängen Sie mich doch nicht so... Es gibt ein altes Heim. Ein Kinderheim, das ist schon seit ein paar Jahren verlassen. Wollte auch keiner mehr kaufen, so heruntergekommen wie es war. Es steht ungefähr zwei oder drei Meilen weiter draußen, mitten in den Feldern. Dort führt gar keine Hauptstraße oder eine sonstige gepflasterte Straße mehr hin. Soweit ich weiß, gibt es dort nur Feldwege."

Na endlich!

Nick setzte sich neben Ellen und legte den Arm hinter ihren Rücken auf das Polster.

„Hört sich ziemlich verlassen an."

Ellen schaute ihm tief in die Augen. „Ja. Sehr verlassen."
Er war ihr so nah! Sie wollte ihre Hand zu ihm
austrecken und ihn berühren. Was war bloß los mit ihr?
Wieso hatte sie plötzlich dieses Verlangen nach einem
so jungen Mann?

Bevor sie die Frage weiter ausdehnen konnte, setzten
seine Lippen auf ihren an. Ein flüchtiger Kuss. Aber ein
realer Kuss! Nick packte ihr Kinn und zog ihr Gesicht
näher heran. Seine Zunge berührte ihre. Für einen
kurzen Moment schloss sie die Augen und seufzte leise
in seinen Mund.

Dann setzte Nick ab. Er leckte sich die Lippen und gab
ihr lächelnd einen Klaps auf ihren Schenkel. „Ich würde
sagen, Ellen. Rufen Sie die Polizei. Wir fahren dorthin."

28.

November 1995

Schönheit, Gemütlichkeit, Liebe und Geborgenheit. So redeten sie über ihr Heim. Und nun? Mickaela, gefangen in ihrem neuen Zimmer. Nicolas, von morgens bis abends am Arbeiten. Und Adam, er fühlte sich verlassener als je zuvor.

Keine freudigen Stimmen hallten mehr durch die Räume. Immer mehr verstaubte alles. Kälte zog durch die Flure. Farben schienen zu verblassen. Kein himmlischer Gesang aus Mickaelas zuckersüßem Mund. Wie sehr sehnte sich Adam nach sanften Worten. Nach einem Lächeln. Nach einem liebevollen Blick.

Sie zu füttern, zu waschen und es ihr in ihrer Lage so gut es geht bequem zu machen, bis Nicolas nach Hause kam, war alles, was er für sie tun konnte. Wieso bemerkte sie nicht seine Mühe?

Die Realität war: Sie hatte jegliche Rechte verloren. Jeweils eine Stunde am Tag durfte sie aus ihrem Zimmer. Einen kleinen Spaziergang durch das Haus. Ansonsten durfte sie nur aufstehen, wenn sie auf Toilette musste.

Sie hatte jegliche Freude in ihrem Leben verloren. Ihre Haut wurde zunehmend blasser und kränklicher. Ihr Körper schien nichts mehr aufzunehmen. Das damals wunderschöne, braune Haar schien wundersamerweise abzubrechen und sogar auszufallen. Ihre Nägel wurden brüchig. Ihre Augen glasig. Als würde keine Seele mehr in ihr stecken.

Sie erinnerte Adam an das kleine Mädchen Regan aus dem berühmten Film *der Exorzist*, so wie sie da lag, gefesselt in Nicolas Bett. Mickaela wurde immer ausfallender und aggressiver.

Wenn Adam ihr zu essen gab, spuckte sie ihn meist an. Wenn er sie wusch, machte sie sich extra wieder nass. Dauernde Beleidigungen.

Doch Adam überhörte es. Er sagte sich selbst, sie wäre krank.

Sie wüsste nicht mehr, was sie sagt. In Wirklichkeit liebten sie sich doch noch. Es würde nur noch eine Weile dauern, bis alles wieder so wäre, wie es einmal war. Das hoffte er zumindest.

Adam schlief auch nicht mehr mit ihr. Er dachte, er könnte es. Nicolas ermutigte ihn, er solle es doch mal versuchen. Aber allein der Gedanke daran, in diesem Zustand mit ihr zu schlafen, ekelte ihn an. So grob wie Nicolas konnte er nicht sein. Wie schaffte er es nur? Er ging in das Zimmer hinein und verschloss die Tür. Dabei hatte er immer einen unheimlich ruhigen Blick. Meist ging er spät abends zu ihr, wenn Adam schon schlief.

Es war der Wunsch von Adam persönlich. Er wollte nicht alleine sein und wissen, was sie gerade taten. Anfangs, als Nicolas von der Arbeit kam, aßen sie immer zusammen am Tisch oder vor dem Fernseher.

Danach spielten sie Karten, gingen spazieren oder vergnügten sich in Adams Bett. Aber dieser feurige Liebesakt zwischen ihnen nahm mehr und mehr ab. Es war nicht so, als würden sie sich nicht mehr lieben, jedoch war der Sex nicht mehr der gleiche. Und wenn Adam die Schreie von Mickaela dann noch hörte, verging ihm sowieso jegliche Lust.
Wenn Nicolas zu ihr ging. Wenn man ihn laut stöhnen und schreien hörte. Wie er sie beleidigte und niedermachte.

An einem Tag, es war erst eine Woche nach Katherinas Tod und Mickaela noch einigermaßen nett zu Adam war.
Er fütterte sie damals mit einer leckeren, selbst gemachten Kartoffelsuppe. Es war ihre Lieblingssuppe, hatte sie einmal zu ihm gesagt.
An dem Tag war sie gar nicht begeistert von seiner Suppe.
„Adam, hör auf. Ich möchte nichts essen."
Sie saß aufrecht im Bett, die Hände seitlich festgebunden. Die Beine in leichter Beugung. Ihre Haare waren glatt gebürstet. Es duftete leicht nach Lavendel.
Adam saß neben ihr auf dem Bett, in der einen Hand hielt er den tiefen Teller, in der anderen den halbvollen Löffel.
„Muss ich dich wie ein kleines Baby füttern?", versuchte er zu scherzen und setzte erneut an.
Fast schon angeekelt nahm sie das Ende des Löffels mit der dickflüssigen Substanz in den Mund.
„Kartoffelsuppe. Die magst du doch."
Immer noch sichtlich angeekelt schluckte sie.

171

Adam sah sich ihre Haltung an. Das brachte doch alles nichts.

Sie schluckte die kleine Masse runter und leckte sich die aufgeplatzten Lippen.

Leicht verzog sie ihr Gesicht vor Schmerz.

„Soll ich dir das Gesicht eincremen? Die Lippen?"

„Lass gut sein, Adam."

„Es würde dir nicht schaden."

Ein kurzes Schmunzeln bemerkte er. Was fand sie so lustig? Sie leckte sich erneut über die Lippen.

„Was denkst du?", fragte er vorsichtig.

„*Schaden*. Über das Wort musste ich... Weißt du eigentlich, wie sehr Ihr mir schadet? Ihr haltet mich wie ein Stück Vieh! – Nein noch schlimmer! Jedes blöde Vieh auf dieser Welt hat mehr Auslauf als ich. Ich bin an ein muffigen Bett gefesselt, werde gefüttert und gewaschen wie ein behindertes Kleinkind und nachts..." Ihre Augen wurden glasig und feucht. Einzelne Tränen rannen ihr über die Wangen. Ihr Gesicht wurde rot und ein leichtes Schluchzen kam aus ihrer Kehle hervor.

Adam wollte ihre Wange berühren, doch neigte sie sich sofort von ihm ab.

Was konnte er ihr nur sagen. Er konnte doch nichts dagegen machen. Nicolas hatte die Oberhand.

„Adam, du musst doch sehen, dass was Ihr hier mit mir macht, nicht richtig sein kann! Das ist unmenschlich!"

„Nicolas entscheidet das. Nicht ich."

„Und wieso nicht?"

Ihre Armmuskeln spannten sich an. Sie wollte sich mehr aufsetzen, doch die Fesseln ließen dies nicht zu.

„Wieso hat er das Kommando?"

Adam hielt inne. Er überlegte kurz. Es war halt so. Nicolas hatte schon immer mehr *Macht* gehabt. Er hatte mehr Grips, mehr Verstand. Er wusste auf alles eine Antwort. Er war ihr Anführer. Ihr Mann. Ihr geliebter Nicolas.

Was davon sagte er zu seiner geliebten Micka?

Sein Blick senkte sich immer mehr. Mickaela bemerkte es sofort und lachte flach. „Das war klar."

Adam schaute sie verzweifelt an. Es war nicht gut, dass er keine Antwort für sie hatte.

„Adam. Mach mich frei!"

„Das kann ich nicht."

„Sag ihm, ich musste auf die Toilette. Du hattest mich losgebunden, dabei habe ich dich überrumpelt und bin fortgelaufen. Nicolas wird dir nicht böse sein."

Es wäre ein Plan. Ein Plan, der funktionieren würde. Aber was würde sie dann machen? Würde sie weglaufen und das Weite suchen? Sich vor den beiden verstecken und Nicolas und Adam würden nie wieder was von ihr hören? Genauso könnte sie aber auch zur Polizei laufen und sie verraten. Sie anzeigen wegen Misshandlung, Schändung und was es alles gab.

So oder so. Der Gedanke, Mickaela zu verlieren. Sie gehen zu lassen. Das würde Adam nie erlauben.

Natürlich fand er die jetzige Situation nicht gut. Er hatte sich das alles ganz anders vorgestellt. In der Nacht, als Nicolas sie an das Bett fesselte, dachte er an eine Art Spiel. Doch nun sah es ganz anders aus.

Heimlich gab er Nicolas auch die Schuld daran. Warum musste er damals auch diese Frau mit nach Hause schleppen? Aber dies war Schnee von gestern. Es würde sich nicht lohnen, darüber nachzudenken, was genau in Nicolas Kopf damals vor sich ging. Er hatte Sehnsucht nach einer Frau gehabt. Mickaela hatte ihm diese Liebe nicht gegeben und Adam konnte ihm den Körper einer Frau nicht geben. Wie denn auch?

„Micka, bitte. Du musst einfach abwarten. Es wird sich schon noch was ergeben."

„Ein Scheiß wird sich ergeben! Nicolas hat an der Sache Gefallen gefunden. Schon nach der ersten Nacht! Schon damals, als er mich in Onkels Gaststätte ohne meines Willen genommen hat, habe ich gemerkt, dass er von dieser Situation ganz begeistert gewesen war."

Ein weiteres Schluchzen. Ihre Stimme brach in sich zusammen. Der Ton immer heller und leiser.

Adam bemerkte, dass er den Suppenteller immer schiefer hielt und beinahe etwas Suppe verschüttete. Er korrigierte seine Haltung und versuchte, ihren Blick wiederzufinden. Doch sie schaute mit leerem Blick nach draußen, aus dem Fenster.

Abwesend sagte sie: „Geh weg, Adam. Geh einfach weg."

Beide schwiegen für einen Moment. Er schaute sie an. Verzweifelt und traurig. Auch er vergoss eine Träne. Aber nur eine. Danach stand er auf, zog das Bettlacken und die Bettdecke ordentlich zurecht und verabschiedete sich von ihr.

„Wie lange meinst du, wirst du sie noch gefesselt halten?"

Sie saßen am Esstisch und aßen belegte Brote mit Käse und Wurst. Adam wünschte sich, er hätte eine heiße Suppe gekocht anstatt belegte Brote zu schmieren.

Es war ein kalter Abend. Alle Fenster und Türen waren verschlossen und doch zog es aus irgendeiner Ecke. Das Esszimmer lag im Kerzenschein, um Strom zu sparen. Es machte den Moment noch düsterer. Das Kerzenlicht flackerte und machte die Augenringe in Nicolas Gesicht unnatürlich groß. Trotz der warmen Farbe hielt es seine kränkliche Blässe nicht zurück. Adam sah nicht viel besser aus. Die Sache mit Mickaela machte sie beide unglücklich.

„Wann meinst du, soll ich sie denn losbinden?", fing er an. „Siehst du nicht, wie sie sich benimmt? Hörst du nicht, wie sie mit uns redet? Mit dir! Du pflegst und bedienst sie, als wäre sie eine Prinzessin."

„Sie ist eine Prinzessin!"

„War eine Prinzessin, mein Freund."

Schweigen trat wieder ein. Hatte es einen Sinn, weiter über Mickaela zu diskutieren? Nicolas biss leicht gereizt in sein letztes Brot.

Adam tat es ihm gleich.

Zweiter Versuch. „Nicolas, wir können sie nicht länger dort festhalten. Das ist nicht richtig."

 Wir halten sie schon seit zwei Monaten dort oben fest! Nicolas stopfte sich den Rest seines angebissenen Brotes im Ganzen in den Mund und kaute wie wild darauf herum.

Adam seufzte leicht. „Ich liebe dich. Aber ich liebe auch sie. Es schmerzt zu sehen, wie sie da oben versauert."

Nicolas spuckte den Rest in seinem Mund aus und sprang vom Stuhl. Voller Wut schlug er mit der Faust auf den Tisch.

„Ich schwör dir, Adam! Bald ist das Fass voll und ich bringe sie um! Meine Liebe zu ihr hatte aufgehört, als sie Katharina erstochen hatte. Sie ist für mich nur noch ein Stück Fleisch, das noch halbwegs gut ausschaut und..."

„Hör auf, so über sie zu reden!" Adam versuchte stark zu sein, seine feste Stimme zu halten. Doch Nicolas war viel stärker als er.

Er stand auf und ging zu Adam rüber. Ein Arm auf seine Lehne gestützt, der andere auf dem Tisch. Sein Kopf war rot angelaufen und glühte.

„Weißt du, was ich jetzt machen werde, Adam? Mit ihr? Mit deiner allerliebsten Mickaela!"

Er packte ihn am Kinn und zog seinen Kopf schmerzend nach vorne.

„Ich erfreue mich ein letztes Mal an ihren weiblichen, warmen Körper und dann..."

Er wird sie töten!

Adam riss sich aus seiner Umklammerung. „Das kannst du nicht tun!"

„Und ob ich das kann!"

Er ließ ihn los. Die Wucht seiner Kraft schmiss Adam von seinem Stuhl nach hinten. Mit stampfenden Schritten entfernte sich Nicolas aus dem Zimmer, in Richtung Treppe.

„Das kannst du nicht machen!", wiederholte Adam sichtlich überfordert. Doch Nicolas überhörte seine Worte und stieg die Treppe hinauf.

Adam stieß sich vom Boden ab und rannte ihm hinterher.

Er erreichte Nicolas Ärmel und zog ihn nach hinten. Kniend vor ihm umschlang er seinen Unterarm und weinte voller Liebe und Angst. Nicolas spürte die Nässe seiner Tränen auf seinem Handrücken und wie sie zu Boden fielen.

Adam zitterte am ganzen Körper. Nicolas Wut verschwand für einen kurzen Moment und er starrte hinab zu Adam.

176

Dieser schüttelte in Trance seinen Kopf hin und her. „Bitte, Nicolas, bitte!", flehte er. „Du darfst sie mir nicht wegnehmen. Du darfst sie nicht töten! Bitte tu mir das nicht an!"

Den letzten Satz wiederholte er ein paar Mal, bis er nur noch am Weinen war.

Er wusste nicht, wie viel Zeit verging. Wie lange er am Rande der Treppe vor Nicolas kniete und seinen Arm festhielt. Wie lange er winselte. Wie lange er um das Leben von Mickaela bettelte.

Langsam näherte sich Nicolas Hand seinem Gesicht. Er hockte sich vor Adam und nahm ihn liebevoll in den Arm. Adam vergrub sich in seine Wärme. Er hörte auf zu weinen. Horchte auf Nicolas Herzschlag, der ungewöhnlich ruhig für diese Situation war. Typisch Nicolas.

„Ich liebe dich.", flüsterte Adam. Er wartete auf seine Antwort.

Darauf, dass er das gleiche Empfinden aussprach. Stattdessen spürte er einen dumpfen Schlag, gefolgt von einem pochenden Schmerz auf seiner Schläfe. Schwindel überkam ihn. Er sah benommen hoch zu Nicolas, der zum zweiten Schlag aufsetzte. Doch zu dem kam es nicht, da in diesem Moment, das kurze Zurücklehnen von Adam reichte, das Gleichgewicht zu verlieren. Adam versuchte noch mit Schwung wieder hinaufzukommen und aufzustehen, doch die Schwerkraft siegte und somit stürzte Adam die gesamte Treppe, Stufe für Stufe, hinab. Adam sah noch, wie Nicolas mit erhobener Faust ihm dabei zuschaute und seine strenge Mimik behielt. Dann war alles schwarz.

Es musste eine halbe, maximal eine Stunde vergangen sein, bis Adam wieder zu sich kam. Er lag auf seiner rechten Seite. Seine Brille war verschwunden. Wahrscheinlich hatte er sie bei dem Sturz verloren. Sein Rücken gab ein grausames Klopfen von sich. Sein Kopf schmerzte und ihm war verdammt übel.

Seine Knie fühlten sich an, als wäre er auf einem Turnhallenboden mit kurzer Hose ausgerutscht und hätte sich die Haut aufgerissen.

Morgen würde er am ganzen Körper blaue Flecken wiederfinden. Es schien zum Glück nichts gebrochen zu sein.

Im Flur war es dunkel. Sehr dunkel. Und still. Man hörte auch keinen Wind von draußen, wie sonst. Kein Radio oder Fernseher war angeschaltet. Nicht mal das normal laute Summen des Kühlschrankes hörte er.

Langsam bewegte er seine Finger und Zehen. Seine Handgelenke und Sprunggelenke. Dann legte er sich auf den Rücken. Ein blitzender Schmerz durchzog ihn. Er winkelte die Knie an. Schon besser. In Zeitlupe fing Adam an, die Schultern zu kreisen, so gut es ging. Sein Nacken knackte einmal, als er den Kopf jeweils nach links und nach rechts drehte. Dann setzte er sich auf. Luft entwisch aus seiner Lunge und er stöhnte laut aus. Er drehte sich zur Treppe. Dort erblickte er leicht verschwommen seine Brille auf der vierten Stufe. Erst einmal tief durchatmen. Was war geschehen?

Hatte Nicolas ihm wirklich eine gedonnert? Wo war Nicolas?

Er hatte ihn nicht runtergehen sehen oder gehört. Wie auch?

Ein weiterer tiefer Atemzug. Er schüttelte seine Beine und Arme aus und stand auf. In gebeugter Haltung griff

178

er nach seiner Brille. Unzerstörbar diese Brille. Adam lachte kurz auf. Auch dies tat in seinem Rücken furchtbar weh.

Plötzlich ein heftiges Pochen in seinem Kopf. Als wäre ein Schnellzug durch seinen Kopf gedüst, der den Namen *Mickaela* dröhnte.

„Mickaela."

Sein Blick wanderte nach oben. Er wollte zu einem Sprung ansetzen, um mehrere Stufen gleichzeitig zu nehmen. Bemerkte aber schnell, dass sein Körper dies nicht zulassen würde.

Stufe für Stufe hastete er mit schmerzverzerrtem Gesicht hinauf.

„Micka?", rief er in Richtung ihres Zimmers.

Bitte antworte!

Nichts.

An den letzten Stufen hielt er inne. Auch hier wurde das Licht ausgeschaltet. Er hatte freie Sicht auf den gesamten Flur. Und auf die offen stehende Tür von Mickaelas Zimmer.

Ein leises Wimmern kam aus ihm heraus. Adam erschreckte sich an seiner eigenen Stimme und hielt sich reflexartig die Hand vor den Mund.

Er ging die letzten Stufen hinauf und schlich zur Tür. Die Gardinen in ihrem Zimmer waren zurückgezogen und der Mond schien hell in ihr Zimmer. Eine wolkenlose Nacht.

Adam stand nun vor der Tür. Er hörte immer noch nichts.

„Mickaela? Ist alles in Ordnung?" Die Tür war nicht ganz offen, der Blick stand Richtung Kleiderschrank. Das Bett konnte man so noch nicht sehen. Ihm wurde klar, dass er es eigentlich auch nicht sehen wollte.

Ein *„Ja, mir geht es gut. Hau ab!"* , hätte ihm völlig gereicht und er wäre glücklich von Mickaelas Tür weggegangen.

Aber auch nach dem zweiten und dritten Mal rufen und fragen kam keine Antwort aus dem Zimmer.

Nun hoffte Adam schweren Herzens, sie würde nicht mehr in diesem Bett liegen. Vielleicht konnte sie sich irgendwie befreien und ist weggelaufen, als Adam ohnmächtig war. Somit wäre sie weg, für immer. Aber auch in Sicherheit vor Nicolas.

Aber die Wahrheit sah anders aus.

Adam stieß die Tür ganz auf und ein schreckliches Bild kam zum Vorschein.

Er wollte schreien. Schreien aus tiefster Seele. Aber kein einziger Ton kam aus ihm heraus. Er riss den Mund so weit es ging auf. Seine Augen schienen aus ihren Höhlen zu fallen. Seine Hand hielt sich zitternd am Türknopf fest, als seine Beine nachgaben und er zu Boden sank.

Er wollte seinen Blick von dem Grauen abwenden, konnte es aber nicht.

Das, was er sah, konnte nicht echt sein. Es durfte nicht echt sein!

Das Bett war verrutscht und man sah schwarze Schleifspuren auf dem Boden. Das Laken war am Fußende zusammengeknüllt und Bettdecke wie Kissen lagen verstreut auf dem Boden. Alle Kissen bis auf eins. Das wohl größte Kissen, ihr Kopfkissen, lag noch halb auf ihrem Gesicht. Durch das Mondlicht schien sie noch blasser auszusehen als normal. Leichenblass.

Ihre Beine und Arme lagen gespreizt voneinander. Das Haar zerzaust in allen Richtungen, die Augenlider waren geschlossen. Ihr Mund leicht geöffnet. Im Licht

180

schimmerte etwas Speichel, welcher über ihre Wange zum Hals geflossen ist und anfing zu trocknen.

Adam trat einen Schritt vor. Der Dielenboden knarrte, was ihn zusammenzucken ließ. Mit jedem Schritt, den er sich ihr näherte, fürchtete er sich vor ihr. Vor ihrem Anblick. Davor, dass sie plötzlich aus ihrem Todesschlaf erwachen und ihn umbringen würde. Ob Angst oder vielleicht auch Wunsch, egal.

Sie wachte nicht auf. Mickaela Augen öffneten sich nicht, als er an das Ende ihres Bettes trat. Zuerst dachte Adam noch, er würde sehen, wie ihr Brustkorb sich schwach heben und senken würde. Aber es war nicht so. Mickaela ist gestorben. Ermordet. Ermordet von Nicolas, seinen geliebten Nicolas. Er hatte es wirklich getan. Nicolas hatte Mickaela mit einem Kissen erstickt. Ihre Mickaela! Sie hatten sie doch so sehr geliebt!

Für Adam brach eine Welt zusammen. Er nahm das Kissen von ihrer Wange und schmiss es zu den anderen auf den Boden. Sie rührte sich nicht.

Er setzte sich auf die Bettkante und nahm sie an den Schultern. Nichts. Ihr Kopf fiel leblos nach hinten. Ihr Mund klappte auf. Er schloss sie in seine Arme und drückte sie fest. Lauwarm. Kein Puls. Keine Atemgeräusche, kein einziges Zucken. Eine leblose Hülle. Der Geist von Mickaela war fort.

Tränen flossen in Strömen aus Adam, tropften auf ihr Nachthemd und ließen es durchsichtig erscheinen. Quälende Geräusche kamen aus ihm heraus, als würde er selbst gerade ersticken. Wie sehr wünschte sich Adam, sie würde ihn jetzt anmeckern. Ihm einen Stoß oder einen Klaps geben, nur um auf sich aufmerksam zu machen. Er küsste sie auf die Stirn, lange und fest.

181

Betete, sie würde wieder aufwachen. *Bitte, wach auf!*
Wach auf!

Mickaela wachte nicht auf. Stunden verbrachte Adam
regungslos in dem Zimmer, auf dem Bett, sie in seinen
Armen. Ihre Haut wurde immer kälter.
Schweren Herzens legte er sie dann behutsam aufs Bett.
Faltete ihre Hände und schloss ihren Mund und ihre
Augen. Schweigend räumte er das Zimmer wieder auf.
Richtete das Bett her, zupfte das Laken zurecht und
stapelte die Kissen. Dann nahm er eine Bürste und
machte zum allerletzten Mal Ihr Haar zurecht. Mit
einem nass-warmen Waschlappen wusch er sie ein
letztes Mal. Ihr Lieblingsnachthemd zog er ihr zum
letzten Mal an. Und zum Schluss verschloss er die Tür
und steckte den Schlüssel ein.
„Ruhe in Frieden.", flüsterte er und wandte sich von der
Tür ab.

Einen Tag später holte er sich ein breites Holzstück aus
dem Schuppen. Mit wasserfestem Edding schrieb er
kunstvoll ihren Namen, ihren Spitznamen Micka, auf
die glatte Seite. Er befestigte es an ihre Tür. Eine Art
Grabstein.
Adam hatte kurz mit dem Gedanken gespielt, sie im
Wald zu vergraben, wie Mr. Constable und Katharina.
Ein sicherer Platz. Aber kein schöner Platz.
Was ihr nun wirklich gefallen würde, wusste Adam
nicht. Darüber hatten sie nie gesprochen. Aber ein
weiches Bett und ein eigenes Zimmer waren wohl
angebracht. Über die Sache mit der Verwesung, machte
er sich keine Gedanken. Prinzessinnen verwesen nicht.

Doch schaute er auch nie nach. Er wollte es nicht sehen. Wollte es nicht wahrhaben. Er versuchte, so gut es ging, über ihren Tod und Nicolas Verschwinden wegzukommen. Aber die Tage und Wochen vergingen und er fand keinen Sinn mehr, weiterzuleben. All seine Freude, seine Liebe, waren verschwunden. Alles war mit Mickaela gestorben. Nichts blieb zurück. Er hatte zwar das große Haus, aber was sollte er damit anstellen, ganz alleine?

Sein einziger Grund, nicht Selbstmord zu begehen, bestand darin, für Mickaela der Grabwächter zu sein. Niemand durfte je davon erfahren. Von ihrem Tod. Dem Mord. Den vielen Morden. Und Nicolas!

Adam gab das untere Stockwerk auf. Er beschränkte sich auf den Flur vor Mickas Zimmer. Er legte seine Matratze genau vor ihre Tür. Sein früheres Schlafzimmer betrat er nie mehr. Er ging nur selten runter ins Erdgeschoss. Eigentlich nur, wenn er Essen holen musste. Einkaufen ging er immer seltener. *Waschen* war ein Fremdwort für ihn. *Reden,* was war das nochmal?

Er lag den halben Tag nur vor Mickas Tür und meditierte. Erinnerte sich zurück an die Zeit, als sie noch zu dritt über der Gaststätte gelebt hatten. Da überkam es ihn öfter und er musste anfangen zu lachen. Mickaelas wunderbare Stimme. Die erste Begegnung. Damals erblühte er zu neuem Leben! Und jetzt verwelkte er immer und mehr.

Adam fragte sich, was er wohl alles falsch gemacht hatte in seinem Leben. Wofür hatte er das alles verdient? Vielleicht musste es so sein. Vielleicht war ihm kein schönes Leben bestimmt. Wer weiß, wie lange er noch dort auf der Matratze liegen würde, bis sein Herz aufhören würde zu schlagen. Würde er an gebrochenem Herzen sterben?

29.

Februar 1997

Zwei Jahre hatte es gedauert.

Zwei Jahre ohne Sonnenschein.

Zwei Jahre ohne jegliche Kommunikation.

Zwei Jahre ohne, dass seine Haut frisches Wasser gespürt hatte.

Zwei Jahre hatte es gedauert, bis Adam die Haustür vernahm, die aufgeschoben wurde und er Schritte hörte, die zu ihm führten.

„Zwei Jahre sind es her, mein Freund. Entschuldige, dass es so lange gedauert hat."

Nicolas Finger strichen die einzelnen Strähnen aus Adams dreckigem Gesicht. Staub und Schmutz hatten sich tief in seine Poren hineingefressen.

Nicolas hockte über ihm und seiner Matratze. Er rümpfte die Nase, als er den Geruch von altem Schweiß roch.

„Was ist bloß mit dir geschehen? Hatte es dich so mitgenommen?"

Adam öffnete langsam die Augen. Sie brannten. Er schaute hinauf zu ihm. Nicolas.

185

Er hatte sich einen Bart wachsen lassen. Und etwas kräftiger ist er geworden, aber nicht dick. Ganz im Gegensatz zu Adam.

Er hatte eine rote Regenjacke an. Leise hörte Adam den Regen aufs Dach plätschern. Frische Luft schnupperte er. Anscheinend hatte Nicolas die Haustür offen gelassen.

Nicolas packte Adam unter den Armen, als wollte er ihn wie eine Puppe aufsetzen. Adam wunderte sich, dass er es sogar schaffte. Angst stieg in ihm hoch. Würde er ihn nun auch umbringen? Die letzten Spuren beseitigen? Aber Nicolas lächelte ihn mit seinen strahlenden Zähnen an.

„Hab keine Angst, Adam. Ich werde dir nichts tun. Nie mehr! Ich werde dir helfen."

Er zog sich die Jacke aus. Ein ebenso roter Wollpullover kam hervor. Rot stand ihm gar nicht, dachte Adam.

„Erst mal musst du aus diesen Sachen raus. Die Motten haben deine Lumpen schon halb von deiner Haut gefressen!"

Er krempelte die Arme hoch und half Adam beim Aufstehen. Die Beine taten ihm weh und er fühlte sich schwach und hilflos. Nicolas brachte ihn ins Badezimmer.

„Oh, Adam! Du könntest ruhig öfters putzen!", lachte Nicolas und setzte Adam auf den Toilettensitz ab.

„Die Wanne muss ich erst gründlich schruppen, bevor ich dich da reinsetzte."

Nicolas wusch ihn, schnitt ihm den Bart, die Haare und die viel zu langen Finger- und Fußnägel. Er holte saubere Kleidung aus dem Schrank und zog ihn an. Einkaufen war er schon, stellte Adam fest, als er unten

186

die vollen Einkaufstüten sah. Nicolas bereitete ihm viele gute Mahlzeiten zu und brachte das Haus auf Vordermann. Mit einer großen Bitte von Adam: Öffne niemals Mickas Zimmer! Nicolas war nicht wohl dabei. Adam verriet ihm nicht, dass die Leiche von ihr noch dort drinnen lag. Er nahm an, er hätte sie wie die anderen im Garten vergraben. Sollte das Zimmer ruhig weiter verstauben. Hauptsache, die anderen wären schön sauber. Denn Nicolas hatte Großes vor!

Sie würden suchen. Adam würde suchen, nach ihr. Dem perfekten Mädchen.
Nicolas wusste, Mickaela war Adams große Liebe. Und er hatte ihm sie entrissen. Es war ein Wunder, dass Adam ihn nicht dafür hasste. Aber anscheinend war er so dankbar für seine Wiederkehr, dass er seinen Hass wieder vergessen hatte. Wie auch immer, Adam schien wieder mehr zu essen, mehr zu trinken und er machte sogar mit Nicolas immer längere Spaziergänge.
Von der Liebe der zwei merkte keiner mehr etwas. Sie waren kein Paar mehr. Das war einmal. Nun waren sie gute Freunde. Und der eine Freund wollte seinem besten anderen Freund helfen.
„Wir bringen dir Mickaela zurück."
„Wie meinst du das?"
Sie gingen die gewohnte Runde um das Grundstück. Adam vergrub sich in seiner neuen Regenjacke, die gleiche wie Nicolas sie hatte. Nur zum Glück kein Rot. Ein angenehmes Schwarz. Viel besser.
„Es war ein Fehler, Mickaela dir wegzunehmen. Aber ich kann diesen Fehler nicht rückgängig machen. Wie auch?"
 Er musste kurz lachen und zuckte mit den Achseln.

„Aber ich werde dir helfen, eine *neue, viel bessere* Mickaela zu finden."

Adam schaute ihn verwirrt an. Der Wind machte ihre Augen ganz klein. Sie gingen einen Schritt schneller, um zügiger wieder im Haus zu sein.

„Mein Freund, ich sah wie du dahinvegetiert bist. Ein furchtbarer Anblick war das! Nun bist du auf dem Weg der Besserung. Aber es gefällt mir nicht. Du bist eine leblos wandelnde Hülle."

Bei dem Ausdruck *leblos wandelnde Hülle* musste er unwillkürlich an Mickaelas Leiche im Bett denken. Wie er sie an den Schultern nahm und ihr Kopf ins Genick fiel. Erschrocken schüttelte Adam den Kopf und hörte weiter Nicolas zu.

„Ich will, dass du deinen Spaß hast. Deshalb spielen wir ein Spiel. Ein *Suchspiel.*"

„Und was suchen wir?"

„Du meinst: Was suchst *du*?"

„Und was suche ich?"

„Das perfekte Mädchen!"

Das Umrüsten des Hauses begann.

30.

April 2002

Das Zwielicht im Hintergrund ihres Autos wurde immer dunkler. Der Abend brach an. Sie hatten es nicht mehr weit zu dem vermutlichen Versteck des Entführers. McSeery saß am Steuer und lenkte mit angespannten Armen den Wagen. Ellen saß unruhig neben ihm und starrte auf ihr Ziel. Meter um Meter näherten sie sich. Wegen der schlecht ausgebauten Straße, die mehr und mehr an Acker zunahm, kamen sie nur langsam von der Stelle.

Ein Glück, dass es nicht regnete, wie so oft in diesem Monat, sonst würden sie noch stecken bleiben. Immer mehr kamen die Fragen nach ihrer Handlung in Ellen hoch. Wie würden sie vorgehen? Sollten sie einfach an der Haustür klingeln oder ein Fenster einschlagen? Was würden die beiden im inneren des Hauses finden? Vier Mädchen, die gefangen in einem Zimmer sitzen,

unversehrt? Oder war dies ein Wunschgedanke?
Würden sie vier Mädchenleichen finden, die schon seit
Tagen irgendwo in diesem Haus rumlagen? War dieses
Haus überhaupt Das, wonach sie suchten?

„Fahren Sie bitte schneller!"

„Ich fahr so schnell ich kann, Ellen. Ich habe aber keine
Lust, mein Auto zu Schrott zu fahren. Und was wäre,
wenn wir hier einen Platten kriegen würden?"

„Sie können doch wohl einen Reifen wechseln!"

Nick schüttelte genervt seinen Kopf. Seine Haltung
verspannte sich noch mehr.

„Man kann das Haus schon sehen. Zur Not könnten wir
auch hinlaufen. Es sind nur noch zwei oder drei Meilen
wenn überhaupt."

In Gedanken malte er sich aus, wie Ellen aus dem Auto
steigen würde, um zu versuchen, zum Haus zu rennen.
Wie sie versuchen würde, ihre Beine über das unebene
Gelände zu lenken. Er gab ihr eine halbe Meile, bis sie
hinfallen würde. Nick musste bei dem Gedanken
aufpassen, nicht aufzulachen. Ein leichtes Schmunzeln
konnte er sich aber nicht verkneifen.

Bähm, würde sie hinfliegen. Jolenes Namen dabei
schreien. Versuchen, wieder aufzustehen, bis sie wieder
über Dreckklumpen fallen würde. Ihre Hose wäre voller
Schlamm, wenn nicht sogar zerrissen. Tränen würden
ihr über die Wangen kullern. Und Nick hätte das
Vergnügen, ihr immer und immer wieder aufhelfen zu
müssen, so lange, bis sie den Hof erreichen würden.

Oh nein, wir steigen nicht aus!

„Steigen wir hier aus."

„NEIN!"

Zu laut sprach er dieses Wort aus. Ellen erschrak und zuckte zurück. Vielleicht würde sie jetzt endlich die Klappe halten.

Es dauerte nicht mehr lange, dann hatten sie das Haus erreicht. Die Sonne war nun ganz untergegangen. Die einzige Lichtquelle waren die Scheinwerfer von Nicks Auto. Erst jetzt sahen sie, dass alle Fenster sowie die Haustür mit Holzbrettern zugenagelt oder mit Backsteinen zugemauert waren. Man konnte kein Lebenszeichen von drinnen erkennen.

Ellen stieg aus dem Wagen und rannte zur Haustür. Zum Glück hatten sie damals keine Kamera außen angebracht. Der Entführer konnte sie so nicht sehen. Noch nicht.

„Oh nein. Wie kommen wir da nur rein?"

McSeery stieg ebenfalls aus dem Auto. Seine Spannung löste sich.

Das ständige Rütteln während der Fahrt tat seinem Rücken nicht gut.

„Ganz ruhig, Ellen. Das ist schon mal ein gutes Zeichen. Ein Zeichen dafür, dass irgendjemand irgendwas verstecken und einsperren will. Überlegen Sie, Ellen. Es muss einen Eingang geben. Wie sollte der Entführer sonst hineingelangen?"

„Ich weiß es nicht!"

Sie fuchtelte wild mit den Armen. „Ich weiß es nicht!"
Was weißt du überhaupt!

„Jetzt hören Sie doch mal auf, Sie machen mich ganz nervös."

Er schritt zu Ellen und streichelte ihr sanft über die Arme.

Ellen versuchte, tief durchzuatmen.
Gut so.

„Okay. Gehen wir einfach ums Haus herum und schauen uns alles einmal an. Die Polizei wird hoffentlich auch bald hier sein."

Nick hoffte, dass sie dann schon im Haus wären. Aber wenn Ellen so weitermachen würde, hätte er ein Problem. Er packte ihren Oberarm und führte sie zum Hintereingang, der wie er wusste, nicht zugemauert wurde.

„Ich bin erstaunt, dass Sie so ruhig dabei bleiben.", merkte Ellen an.

„Ellen, ich glaube, wäre es mein Kind, würde ich ganz anders reagieren. Ich kann verstehen, dass Sie so aufgebracht sind. Aber Sie müssen einen klaren Kopf behalten."

Mit schnellem Tempo liefen sie an der Hauswand entlang, bis sie vier Stufen hinab zu einer schmalen Tür fanden.

„Oh mein Gott! Sie sind gut! Richtig gut!" Ellen machte einen Freudensprung und klatschte in die Hände. Nick zögerte nicht, ihr dies zu untersagen.

Gut, dass Sie unter Drogen steht. So naiv kann doch keiner sein.

Natürlich war diese Tür verschlossen. Aber es war eine gewöhnliche Holztür, kein neueres Modell, und mit einem veralteten Schloss.

Nick brauchte zwei Versuche, bis sie mit seinem Tritt nachgab. Ein lautes Krachen hallte bis in den Wald. Sie befanden sich im Keller, nicht weit von dem Raum entfernt, in dem Mr. Constable sein Ende fand. Sie würden einen langen schmalen Flur entlanggehen, wo Jolene in einer umgebauten Vorratskammer zu Bewusstsein kam, bis sie zum Jagdtraum kamen.

Nick drückte langsam die Türklinke nach unten.

Sie mussten jetzt nur noch Jolene finden, bevor der Entführer sie fand.

Natürlich würde er sie über die vielen fest installierten Kameras sehen, aber er wäre zunächst verwirrt, ihn in Begleitung zu sehen, und würde hoffentlich für ein paar Minuten innehalten.

„Was befindet sich hinter der Tür?", fragte Ellen im flüsternden Ton.

„Der Jagdtraum..."

Scheiße!

„Woher wissen Sie das?" Ellen schaute ihn verwirrt an. Ihre Augen zuckten unwillkürlich, was darauf hin deutete, dass das Mittel noch wirkte.

„In vielen Häusern befindet sich so was im Keller."

Ellen nickte.

Doofe Gans!

Er öffnete die Tür und der Geruch von altem verbranntem Holz lag in der Luft.

Ein Rest kalter Kohle lag noch im Kamin.

Im Zimmer war es dunkel. Keine einzige Lichtquelle.

Nicks Magen drehte sich jedes Mal um, wenn er diesen Raum betrat.

Diese ganzen Qualen und Schreie hallten von den Wänden. Er sah die Bilder in seinem Kopf. Die Szenen, die sich hier unten abspielten.

Mr. Constable mit seinem Schlagstock. Seinem nach Alkohol stinkenden Atem.

Dann der Tritt in seinen alten Hintern. Wie er zu Boden sank und sich den Kopf stieß.

Benommen schüttelte er den Kopf, als wollte er seine Gedanken und Erinnerungen aus seinem Gedächtnis schütteln.

„Ist alles in Ordnung?"

Er antwortete nicht. Hatte keine Lust mehr, mit ihr zu reden. Er ging weiter, durchquerte den Raum in Richtung Schrank. Er wusste, dass sich hinter einer dieser Schranktüren ein geheimer Gang befand. Er musste kurz überlegen.

Wofür hat der alte Sack diesen Geheimgang nur gebraucht?

Vielleicht war dies der Grund, warum er immer so schnell oben in ihren Zimmern war. Normalerweise musste man durch das ganze Kellergewölbe, bis man am anderen Ende des Hauses eine Treppe hochgehen konnte. Dieser Geheimgang führte direkt zum Hauptflur des Hauses. Genial.

Nick öffnete die linke Schranktür. Sie war nicht verschlossen.

„Das glaub ich jetzt nicht. Woher wussten Sie davon?"
 Ellens Neugierde brachte Nick zum Kochen.

„Ruhe! Kommen Sie mit!"

Wenn Sie erst einmal oben waren, würden sie Jolene schon bald finden.

Bald würde alles ein Ende haben.

31.

Nur jetzt keine Panik bekommen!
Du darfst jetzt keinen Anfall bekommen!
Bleib ruhig!
Jolene versuchte, nicht zu explodieren. Dieser Druck in ihrem Kopf und das Brennen in Ihrer Lunge macht es ihr nicht einfacher, sich ruhig zu verhalten.
Sie starrte das immer ruhiger werdende Wasser an. Horchte das Tropfen des undichten Wasserhahns. Und vernahm das leise Quietschen einer Tür in der Ferne. Was war das? Halluzinierte sie jetzt schon? Wie viel Zeit war vergangen seit diesem schrecklichen Vorfall? Jolene schaute mit langsam rotierendem Kopf hinunter durch den Flur zur Treppe. Nichts. Wieso hatte ihr Entführer Ihr keine neuen Nachrichten zukommen lassen? Wie würde es jetzt mit ihr weitergehen? Die ganze restliche Zeit taumelte sie durch sein Haus, suchte nach irgendwelchen Zeichen. Nichts. Sie war ganz alleine in diesem Haus.
Sie schaute wieder geradeaus zu der Badewanne. Wo war Jasmin? Wo war ihre Leiche? Sie schritt ins

Badezimmer. Die Badewanne war leer. In diesem Raum befand sich außer Jolene nichts Lebendes.

Enttäuscht taumelte sie wieder in den Flur. An der Türschwelle schaute sie noch einmal in den Flur. Eine kleine Veränderung ihres Blickwinkels brachte eine sehr viel größere Veränderung zum Vorschein. Auf der Tür stand Micka. Und diese Tür stand nun einen Spalt offen! Dunkelheit befand sich dahinter. Jolene rieb sich die Augen. Sie war doch die ganze Zeit verschlossen gewesen! Noch vor ein paar Minuten war sie zu! Das Quietschen. Hatte jemand sie von innen geöffnet? Das war unmöglich!

Sollte sie nun hineingehen? Nachschauen, ob sich jemand dort drinnen befand? Vielleicht ein weiteres hilfloses Mädchen, was die ganze Zeit eingesperrt war? Oder versteckte sich dort ihr Entführer? Was sollte sie bloß tun?

Hier stehen bleiben konnte sie nicht. Also schlich sie sich zur Tür. Jede Schnecke hätte sie mit Leichtigkeit überholen können. Das war ihr egal. Sie brauchte die Zeit. Ihre Lunge brannte noch immer. Nicht mehr so schlimm wie vorhin, aber ein weiterer Schock würde ihr ganz bestimmt nicht guttun.

Sie trat an die Tür. Ihr Herz pochte wie wild.

Auf dem Holzbrett stand dick in Schreibschrift geschrieben *Micka*.

Wenn ich jetzt sterben sollte, dann hoffentlich nicht so grausam wie Jasmin!

Entsetzt kam in ihr hoch, als sie über ihre eignen Gedanken nachdachte.

Sie stand nun direkt vor der Tür. Durch den kleinen Spalt konnte sie keine Umrisse wahrnehmen.

196

„Hallo?", rief sie halblaut. Ihre zittrige Stimme entmutigte sie noch mehr.

Wie schon fast erwartet, kam keine Antwort aus dem Zimmer.

Noch einmal mit lauterer Stimme rief sie durch den Spalt. Totenstille.

Vielleicht ist das Zimmer auch leer. – Nie im Leben!

Sie öffnete die Tür. Flurlicht trat ein und breitete einen Strahl mitten in den Raum. Ihr Schatten sah riesig aus und fiel breit über den dreckigen Boden sowie auf etwas, das eine menschliche Gestalt hatte.

Jolene verschlug es den Atem und sie sprang einen Schritt zurück.

Sie wusste nicht, ob *sie* schon tot oder noch am Leben war.

Wäre es der Entführer, hätte er sie doch schon längst angegriffen. Je nachdem, was für ein krankes Spiel er nun mit ihr treiben würde.

Aber war er es?

Jolene trat wieder einen Schritt vor. Und noch einen. Und noch einen.

Die Person rührte sich nicht. War es eine Frau oder ein Mann?

Dann erkannte sie ihn wieder. Das schwarze Hemd. Und die langen blonden Haare! Er war es! Aber was war mit ihm? Er bewegte sich nicht.

„Können Sie mich hören?"

Jolene kniete sich neben ihn. Jetzt hätte er die perfekte Gelegenheit, sie zu packen. Aber er bewegte nicht einmal seinen kleinen Finger. Wie auch? Erst jetzt sah Jolene die dunkelrote Blutlache, auf der er lag.

Er war tot. Aber wieso ist er tot?

Jolene schupste angeekelt seinen Körper auf den Rücken.

Sein Kopf fiel nach hinten und zum ersten Mal konnte sie ihm ins Gesicht schauen. Jolene betrachtete diesen Mann. Er hatte glatte, lange blonde Haare, die wirr umherlagen. Eine reine Haut. Er trug eine Brille, mit zerbrochenen Gläsern. Die scharfen Glassplitter hinterließen kleine Schnittwunden unterhalb seines linken Auges.

Seine Augen waren geschlossen. Er sah irgendwie traurig aus.

Sein Mund war einen Spalt geöffnet. Sie sah seine weißen Zähne. Seine Lippen waren blass und trocken. Eine Haarsträhne hatte sich in seinem Mundwinkel verhakt. Jolene strich sie weg.

„Bist du mein Entführer?", fragte sie ihn. „Du siehst gar nicht aus wie ein Entführer." Er machte einen freundlichen und friedvollen Eindruck. Warum machte er so was? Was ging in seinem Kopf vor? Und wer war sein Mörder?

„Adam ist sein Name."

Jolene zuckte heftig zusammen. Man hörte, wie sie schnell die Luft einsog und zu der Stimme hinaufschaute. Eine Frau stand am Fenster, welches wohl das einzige offene im ganzen Haus war. Und das bemerkte Jolene erst jetzt!

Die Frau kam näher. Sie sah sehr abgemagert und kränklich aus. Ihr braunes Haar fiel stumpf und zerzaust vom Kopf. Sie trug einen alten muffigen Damenanzug in Schwarz. Er machte sie praktisch unsichtbar.

Sie versuchte zu lächeln, doch dies gelang ihr nur sehr schwer. Es sah eher aus wie das grässliche Grinsen eines Clowns.

„Dein Name ist Jolene, richtig?"

Sie hatte einen südländischen Akzent.

Jolene nickte.

Die Frau kam näher und ging in die Knie, vor Jolene und Adam.

Sie streichelte seinen Kopf wie eine Frau ihren geliebten Mann.

„Wurden sie hier festgehalten?", platze es aus Jolene heraus.

Sie bereute ihre Frage sofort.

„Ich glaube, ich war die erste Frau, die hier festgehalten worden war. Aber das war ganz anders. Keine sinnlosen Spiele und so..."

Jolene schaute sie fragend an. Sie wollte aufstehen, doch die Frau legte ihre Hand auf Jolenes Schulter und drückte sie wieder runter.

„Adam war immer so lieb zu mir. Er wollte immer nur das Beste für mich. Leider wurde er benebelt von unserem Freund, Nicolas."

Jolene schüttelte den Kopf. Sie wollte das alles gar nicht hören. Wollte nicht noch tiefer in die Geschichte sinken. Nervös blinzelte sie zum Fenster.

„Lassen Sie uns verschwinden, ja? Wir müssen hier weg! Der Mörder von Adam ist bestimmt noch im Haus."

Wieder dieses hässliche Clown-Grinsen!

„Wir drei waren ein so schönes Paar. Und dann wollte Nicolas mich ersetzen. Weißt du, was ich mit dieser Frau gemacht habe? Ich habe sie mit einem großen Messer aufgeschlitzt! Niemand darf mich jemals ersetzen!"

199

In Jolene trat Panik auf. Wer war diese Frau? Was wollte sie von ihr?

„Nicolas wollte mich bestrafen und fesselte mich hier ans Bett. Genau dieses Bett!"

Mit Schwung schlug sie gegen den Bettpfosten.

„Ich weiß nicht, wie lang ich dort lag und wie oft er mich gebumst hatte, aber es war eine verdammt lange Zeit! Und dann kam er eines Abends. Nicolas wollte mich töten! Verdammt Jolene, er hatte mir dieses Kopfkissen auf mein Gesicht gedrückt!"

Wut stieg in ihr auf. Ihr Griff um Jolenes Schulter wurde fester und schmerzte. Kurz hielt sie inne. Senkte ihren Kopf und schluchzte. Dann ging es weiter.

„Er hatte so fest gedrückt. Er war wie im Wahn! Ich fiel schließlich in Ohnmacht. Er war so in Eile, dass er nicht mal meinen Puls gefühlt hatte, sonst hätte er bemerkt, dass ich noch am Leben war. Und Adam..."

Sie hob den Kopf und schaute auf den toten Mann.

„Adam trauerte lange. Als er mich fand, war ich noch wie betäubt. Ich bewegte mich absichtlich nicht. In dem Augenblick war ich so wütend auf ihn. Ich wollte, dass er glaubte, ich sei tot."

Sie ließ Jolene los und stand auf. Genervt strich sie ihr Haar aus dem Gesicht. Mit der anderen Hand zückte sie ein längliches Fleischermesser aus ihrem Hosenanzug.

Was zum Teufel?!

„Adam wählte dieses Zimmer zu meinem Grab. Somit konnte ich fliehen. Wie lange auch immer er vor meiner Tür trauerte. Er hatte nicht gemerkt, dass ich weg war."

Schon fast gelangweilt spielte sie mit dem Messer in ihrer Hand. Da bemerkte Jolene die Blutschmiere an der Klinge. Noch mehr Panik kam in ihr auf.

„Ich habe wirklich lange gebraucht, aber ich hatte ihm verziehen. Ich kam zurück. Und ich war erschrocken, was sie aus dem Haus gemacht hatten. Und noch mehr war ich erschrocken, als ich sah, was hier ablief!"

Sie trat einen Schritt näher an Jolene heran. Das Messer fest in ihrer Hand.

„Ich konnte es nicht glauben! Konnte nicht glauben, dass Adam wirklich versuchte, einen Ersatz zu finden! Er wollte mich tatsächlich ersetzen!"

„Wer bist du?" Die letzte Frage, die Jolene stellte.

Die Frau lachte. „Du Dummerchen! Schau doch auf die Tür. Dort steht mein Name."

„Micka."

Sie nickte.

„Und Micka mag es überhaupt nicht, wenn jemand sie ersetzen will!"

Und sie schwang ihr Messer.

32.

Von unten hörten sie die leisen Stimmen, die angespannt miteinander kommunizierten. Die Stimmen von zwei jungen Frauen. Nick konnte Jolene erkennen. Ellen anscheinend auch. In ihrem Gesicht trat Hoffnung auf. Sie wollte ihren Namen schreien, doch Nick hielt sie zurück. Wer war die andere Frau? Da durfte keine andere Frau sein!

„Sie ist da! Sie lebt!", flüsterte Ellen freudstrahlend.

„Gut. Wir gehen hoch."

Langsam trat er auf die Stufen. Es knarrte.

„Passen Sie auf mit den Stufen! Sie sollen uns nicht hören."

„Aber wieso nicht?"

„Wer weiß, was sie gerade machen oder in welcher Lage sie sich befinden. Wir wollen sie doch nicht erschrecken.", log er.

An der letzten Stufe angekommen, stellten sich alle Haare bei McSeery auf. Kalter Schweiß klebte an seinem Rücken und sein Magen schien sich erneut umzudrehen. Mickaelas Zimmertür stand weit offen! *Unmöglich. Sie war doch all die Jahre verschlossen!* Die Stimmen wurden lauter. Und deutlicher.

... „Ich habe wirklich lange gebraucht, aber ich hatte ihm verziehen. Ich kam zurück. Und ich war erschrocken, was sie aus dem Haus gemacht hatten. Und noch mehr war ich erschrocken, als ich sah, was hier ablief!"...

Oh mein Gott!

Er erkannte die zweite Frauenstimme. Dieser Akzent. Diese dunkle Stimme. Aber es konnte nicht sein! Sie war doch tot! Er hatte sie getötet! Mit einem Kissen erstickt! Er hatte ihren blassen, leblosen Körper gesehen!

Die Nacht der lebenden Toten.

Einen Schauder bereitete ihm dieser Gedanke.

... „Ich konnte es nicht glauben! Konnte nicht glauben, dass Adam wirklich versuchte, einen Ersatz zu finden! Er wollte mich tatsächlich ersetzen!"...

... „Wer bist du?"... *Jolene!*

Was hatte Mickaela mit ihr vor? Und wo war Adam?

Ellen ergriff Nicks Arm.

„Was geht da drinnen vor sich?"

Wie ein Blitz traf es ihn.

Verdammt!

Und da sprach sie es auch schon aus.

... „Und Micka mag es überhaupt nicht, wenn jemand sie ersetzen will!"...

McSeery riss sich aus Ellens Griff und stampfte ins Zimmer. Mickaela stand mit erhobenem Messer vor Jolene. Sie würde jede Sekunde zustechen.

Jolene schrie! Sie duckte sich und rannte, kletterte übers Bett und sprang zur Tür. Direkt in Nicks Arme! Micka versuchte, sie einzuholen, stach aber in die Matratze, anstatt in Jolenes Körper. Wütend drehte sie sich um und starrte in Nicks Augen.

„Jolene!", schrie Ellen hinter ihnen.

Jolene riss sich aus der Umarmung und schaute hektisch über Nicks Schultern.

„Mama!" Sie stieß sich von ihm weg, um gleich in Ellens Arme zu springen. Nick wollte dieses Bild genießen, jedoch hatte er ein großes Problem. Mickaela!

Ihr Blick traf seinen. „Wer sind Sie?"

Erkannte sie ihn nicht? Das Licht kam von hinten und versteckte sein Gesicht im Schatten.

„Drei Mal darfst du raten."

Ihre Augen weiteten sich. Ihn hatte sie nicht erwartet.

„Nicolas?" Ihre Stimme bebte.

„Nicolas?" Ellen sah Nick fragend an. War dies sein richtiger Name?

Jolene erinnerte sich an den Namen. Das konnte nichts Gutes bedeuten.

„Nicolas hatte versucht, Micka zu töten.", erklärte Jolene ihrer Mutter im Flüsterton.

„Wieso bist du hier?", fragte Micka. Sie war den Tränen nahe. Ihre Angst konnte man förmlich riechen.

Nick, oder Nicolas, ging ein paar Schritte auf sie zu. Er wirkte verändert. Angespannt. Als hätte er die Tollwut.

„Ich dachte, ich hätte dich das letzte Mal kaltgemacht? Wieso bist du noch nicht unter der Erde, bei Katharina?"

Mickaela ging einen Schritt zurück. Hinter ihr war die Wand. Sie war ihm schutzlos ausgeliefert.

„Lass mich zufrieden, Nicolas! Bitte!"

„Bitten und betteln bringt nichts, das weißt du doch!" Er lachte. Lachte sie aus.

„Du siehst gut aus. Hast abgenommen. Der Anzug steht dir gut. Da kommen doch alte Erregungen in mir hoch."

Jolene und Ellen standen weiterhin vor der Zimmertür und lauschten ihr Gespräch. Ellen war verwirrt von dem Ganzen und verstand nichts. Jolene schon.

„Wir müssen hier weg!", sagte Jolene.

„Und was ist mit der Frau?"

„Sie hat versucht, mich umzubringen!"

In dieser Sekunden der Unaufmerksamkeit hörten sie einen lauten Schrei. Eine Art Kampfschrei. Erschrocken starrten sie auf das Szenario.

Micka erhob erneut das Messer und sprang auf Nicolas. Dieser sprang rechtzeitig zur Seite. Sie verletzte ihn nur am Arm. Bloß eine kleine Schnittwunde.

Sie fiel auf die Knie und schrie erneut auf.

„Du verdammtes Miststück!", fluchte er laut, packte sie am Schopf und zog sie nach oben.

Micka schrie vor Schmerzen, als er ihr ins Gesicht schlug. Einmal. Zweimal. Dreimal. Das Messer fiel zu Boden.

„Diesmal werde ich ganze Arbeit leisten!"

Er hob das Messer vom Boden und packte sie am Hals. Sie gab würgende Geräusche von sich. Seine Kraft reichte, sie vom Boden abheben zu lassen. Ängstlich krampfte sie in seiner Klammerung.

„Nick! Tun Sie das nicht!", hörte man Ellen im Hintergrund brüllen.

Als alles zu Ende zu gehen schien, packte Mickaela mit einer Hand hinter sich. Fuchtelte kurz herum und holte mit Schwung ein zweites Messer hervor. Dann stach sie zu. Ein paar Mal in Bauch und Brustkorb. Nicolas Augen verrieten, dass er gar nichts so schnell verstand, was mit ihm geschah. Er ließ ihren Hals los und Mickaela landete auf den Knien. Nicolas neben ihr.

Jolene verkrampfte und wand den Kopf ab. Beide waren starr vor Angst.

Blut quoll aus seinem Mund. Aus seiner Brust und seinem Bauchraum tropfte dunkles Blut auf den Boden. Benommen fasste er sich an die Brust. Sein starrer Blick erfasste Adam, der vor seinem Gesicht lag. Auch Mickaela starrte ihn an.

„Du hast Adam getötet. Aber warum? Er hatte dir nie etwas getan.", flüsterte Nicolas schon fast weinerlich. Eine kleine Träne rann ihm bei dem Anblick über die Wange. Seine letzten Worte, dann erschlaffte sein Gesicht.

„Er war wie du…. Er wollte mich ersetzen.", kam aus ihrem Mund.

Ihre Nase war gebrochen und ihre Augen blau und geschwollen.

Nicolas war tot. Für immer tot.

Aber Mickaela freute sich nicht. Sie war traurig. Erst jetzt wurde ihr klar, dass Adam tot war. Dass sie nie mehr einen Satz mit ihm reden würde. Dass sie nie wieder in seine wunderschönen blauen Augen schauen würde. Nie wieder seine Wärme spüren würde.

Und warum?

Sie drehte sich zu Ellen und Jolene. Jolene!

Warum hatte er ihm diese bescheuerte Idee in den Kopf gesetzt, eine neue Mickaela zu suchen. Ein perfektes Mädchen für ihn zu finden?

Sie hätten nie damit anfangen dürfen. Aber es hatte ihm anscheinend so viel Spaß gemacht.

Sie hörte weit weg seine Stimme sagen: „Wenn dieses Spiel einmal vorbei ist und wir die Richtige haben, werde ich sie mit Liebe überschütten!"

Liebe. Adam hatte nur Liebe gebraucht. Eine schützende Umarmung. Zärtlichkeit. Und nun war er tot. Erstochen lag er vor ihren Füßen.
Adam ist tot!

Sie riss sich los von dem Gedanken. Ihr Plan war es gewesen, Adam in dieser Nacht umzustimmen. Ihn um den Finger zu wickeln. Dem Ganzen hier ein Ende zu bereiten. Dass er wütend wurde und sie verachtete, war nicht der Plan.

Er schrie sie an, es wäre vorbei! Sie solle verschwinden! Das konnte nicht sein. Sie sah doch, was hier vorging. Jolene sollte seine *Neue* werden. Ein Ersatz. Mehr war sie doch nicht! Er würde sie doch nie so lieben, wie er Mickaela geliebt hatte! Aber er hörte nicht auf. Darum stach sie letztendlich zu.

 Nun war alles anders. Ellen und Jolene waren Zeugen eines Mordes. Mehrere Morde. Vor allem Jolene, dieses kleine Miststück! Wegen ihr ist Adam tot!

Sie ist schuld! Schuld! Schuld! SCHULD!

Langsam kam sie wieder auf die Beine, stützte sich dabei am Bettpfosten ab. Ein lautes Stöhnen kam aus ihr heraus.

Dann der Blick auf Jolene und ihre Mutter.

„Wussten Sie, was Nicolas für ein Arschloch war?", fragte sie verdrossen.

Ellen schüttelte angespannt den Kopf. „Ich hatte keine Ahnung!"

„Wie auch?", lachte Micka. „Er hatte mich damals genauso um den Finger gewickelt."

Sie nahm das Messer aus Nicolas Hand. Sie hatte noch etwas zu erledigen damit.

„Ich hätte nie gedacht, dass ich ihn noch einmal sehen würde. Adam war ja geplant, aber Nicolas? Ich dachte, er hätte sich für immer aus dem Staub gemacht."

Sie kam täuschungsweise freundlich auf die beiden zu. In dem Licht und dem schmalen Anzug sah sie aus wie ein Skelett.

Jack Skellington in weiblich. Dachte Jolene.

Ein weiblicher Jack mit zwei Messern in den Händen!

Jolene packte Ellens Arm und machte einen großen Schritt zurück.

„Was werden Sie jetzt machen?", fragte Jolene mit Blick auf die blutverschmierten Messer.

Wieder dieses widerwärtige Lächeln.

„Was denkst denn du? Ich habe Adam getötet und ich habe Nicolas getötet. Es tut mir für deine Mutter leid, sie gehört normal nicht zur Geschichte, aber da sie hier ist und alles gesehen hat, wird sie auch sterben." Ihre Worte wurden immer lauter. „Und vor allem DU wirst sterben! Oder denkst du, ich lasse eine Schlampe wie dich einfach so davonkommen!"

Jolene erfasste die Tür und versuchte, sie zuzuschlagen. Zu spät! Micka stand schon zu weit draußen und hielt sie mit aller Kraft offen. Mit einem Ruck katapultierte sie Jolene zurück und ließ sie in den Flur fallen.

„Jolene!" Ellen rannte zu ihrer Tochter und half ihr hoch. Mickaela sprang ebenso in Jolenes Richtung, wurde aber von der Türklinke aufgehalten. Ihr Gürtel hatte sich bei dem Sprung verhakt.

Dies war ihre Chance! Jolene und ihre Mutter rannten davon. Die Treppe hinunter. Alles war so dunkel! Sie fanden sich in der Küche wieder. Ellen klappte die Jalousien hoch und erblickte – Gestein.

„Er hat alle Türen und Fenster zugemauert.", erinnerte sich Ellen.

„Das ist doch verrückt!"

Jolene war ganz außer Atem. Sie durfte jetzt keinen Anfall bekommen! Aus dem Flur hörte man die stampfenden Schritte von Mickaela, wie sie die Treppe runterkam.

Ellen erblickte eine kleine Speisekammer. „Dort rein!" Jolene tat, was ihre Mutter sagte.

*Sie wird uns finden!, d*achte sie dabei nur.

In der Speisekammer, die mit ihren 20m² recht groß war, versteckten sie sich hinter leeren Regalen und eingestaubten Möbeln. Ein weißes Laken, worunter sich ein alter robuster Schreibtisch versteckte, bot auch ihnen einen kleinen Unterschlupf.

„Wir sind durch eine Hintertür am Haus reingekommen. Nick hatte sie aufgebrochen." Flüsterte Ellen ihr zu. „Wir sind durch den Keller. Dann war da ein Raum. Ein altes Wohnzimmer mit Kamin. Kennst du so einen Raum hier, Jolene?"

Stille. Beide hielten die Luft an. Mickaela war hinter der Tür, in der Küche. Man hörte sie schwer atmen. Sie öffnete alle Schranktüren, stieß Töpfe und Geschirr um, welches auf dem Boden laut zersprang. Dann ein kleiner Aufschrei. „Dieser verdammte Tisch!"

Anscheinend hatte sich Micka nur gestoßen. Was sollte ihr auch sonst passieren. Adam und Nicolas konnten ja schlecht noch was anstellen.

Dann ein schwacher Lichtschein. Mickaela hatte die Tür zur Speisekammer geöffnet.

Jetzt ist alles aus.

„Ich weiß, dass ihr hier drin seid! Ich habe euch reinlaufen gehört! Kein gutes Versteck, meine Lieben."

Jolene verkrampfte. Sie musste husten. Ihre Lunge schien zu explodieren.

Ellen schaute sich verzweifelt um. Mickaela stand bei den ersten Regalen noch ganz vorne. Sie ging über die linke Wandseite zu ihnen nach hinten.

Es würde nur noch Sekunden dauern, bis sie sie finden würde. Ellen konnte nicht zulassen, ihre Tochter ein zweites Mal zu verlieren!

Liebevoll schaute sie zu Jolene, die ängstlich auf dem Boden kauerte.

„Ich liebe dich, mein Schatz.", flüsterte Ellen ihrer Tochter ins Ohr.

Dann stand sie auf.

„Hey Micka!", rief sie ihr laut zu. Jolene erschrak. Was hatte sie vor?

Mickaela schaute sie zuerst verwirrt, dann spielerisch an.

„Och wie süß. Hat dich der Mut plötzlich ergriffen?"
Ellen rannte zur Mitte der Kammer auf die alten Holzregale, zu wo gegenüber Mickaela stand, und schmiss sich mit ganzem Körpergewicht auf sie. Es krachte. Man konnte nicht sagen ob es das Holz war, welches nachgab, oder Ellens Knochen. Schließlich brach das Holz und stürzte auf Mickaelas Seite ein. Es schien alles sich in Zeitlupe zu bewegen und Mickaela wurde nur an der rechten Schulter getroffen. Sie sank zu Boden. Klirrend hörte man, wie eins ihrer Messer zu Boden fiel.

Ein lauter Schrei.

Ellen bewegte sich kaum. Schützend hielt sie sich ihren linken Arm fest. Im dunklen Licht konnte Jolene ihre Mutter kaum sehen. Aber Mickaela, die sich schnell wieder aufrappelte und mit Gebrüll auf ihre Mutter zu rannte.

Jolene nahm einen letzten tiefen Atemzug und sprang auf. Immer noch erschien alles wie ein Slow-Motion-Akt. Ellen kniff die Augen zu, als wollte sie nicht mit ansehen, wie Mickaela versuchte, ihr das Messer in die Brust zu rammen. Micka erhob mit Geschrei ihr Messer und zielte.

So durfte es nicht enden! Jolene sprang auf Mickaela und alles wurde zum Zeitraffer. Durch Jolenes Gewicht fielen beide zu Boden. Mickaela fing sich mit ihren Händen auf, dabei fiel auch ihr letztes Messer zu Boden. Jolenes Umklammerung lockerte sich und sie rutschte über Mickaelas Kopf zu Boden. Anstatt Mickaela wie geplant erst einmal liegen blieb, sprang sie erneut auf und schmiss sich auf Jolene. Ihr Gewicht nahm Jolene die Luft aus ihrer Lunge.

Mickaela spuckte Gift und Galle. Sie riss den Mund so weit auf, das Jolene Angst bekam, sie würde sie auffressen wollen. Ihre Worte hörten sich an, als wären sie beide unter Wasser. Ihre Ohren waren zu. Sie verstand kein einziges Wort. Jolene blickte kurz zu ihrer Mutter, die weinend am Boden lag und genauso schrie.

Dann wieder ein leises Klirren in der Ferne. Sie schaute zu Micka hinauf, die sich auf Jolenes Hüfte setzte. Sie hatte das Messer wieder. Mit beiden Händen ergriff sie es und hielt es weit über ihren Kopf, bereit, Jolene damit zu töten.

Sie konnte sich nicht wehren. Ihre Lunge ließ keine Luft mehr weder hinein noch hinaus. Ihr Schultergürtel verkrampfte sich. Am liebsten hätte sie sich zur Seite gewandt und wäre alleine für sich gestorben. Nun aber würde sie von Mickaela, der Verrückten, erstochen werden.

In diesem Moment, als Jolene schon mit sich abgeschlossen hatte, hörte sie einen Knall. Buntes Licht flackerte vor ihren Augen.

Mickaela machte einen Satz nach vorne, verlor die Balance und fiel auf Jolene. Das Messer rammte sie dabei in Jolenes rechte Schulter.

Sie schrie auf. Die Schmerzen waren unerträglich, jedoch holten sie Jolene wieder zurück aus ihrer Trance in die Realität.

Die Umgebungsgeräusche wie auch die Stimmen wurden deutlicher. Das Licht in der Kammer wurde angeknipst. Zum Vorschein kamen sechs bewaffnete Polizisten. Einer von ihnen zielte noch immer auf sie und Mickaela.

Erst jetzt wurde Jolene klar, das Mickaela in den Rücken geschossen wurde.

Direkt kamen zwei der Polizisten auf sie zu und hievten Mickaela von ihr runter. Luft drang in ihre Lunge. Jedoch hatte das Brennen kein Ende. Sie fasste sich mit der linken Hand an ihre rechte Schulter. Sie war wie taub.

Zwei weitere Polizisten schritten zu Ellen und halfen ihr hoch. Ihre Mutter weinte noch immer, doch war Erleichterung zugleich zu erkennen.

„Jolene Golden? Sie sind in Sicherheit. Bitte bewegen Sie sich nicht, ein Krankenwagen wird gleich für sie da sein."

Ein Polizist hockte sich neben sie und streichelte beruhigend ihr Haar. Mit der anderen Hand fühlte er nach ihrem Puls.

„Alles wird gut. Versuchen Sie, ruhig zu bleiben."

Jolene blieb ruhig. Sehr ruhig. Ein Krankenwagen würde gleich für sie da sein. Man würde sie auf einer Trage hinausbringen und in ein Krankenhaus fahren. Dort würde sie in ein paar Wochen wieder gesund werden. Freunde und Verwandte würden sie besuchen kommen und sie würde seit langem wieder Tageslicht sehen können. Frische Luft einatmen können!

Der Polizist neben ihr wurde unruhig. Das nervte sie irgendwie. Jolene wünschte sich, auch er würde ruhig bleiben.

„Jolene! Sehen Sie mich an.", sagte er. Jolene tat es. „Bleiben Sie bei mir, Jolene. Jetzt nicht schwach werden. Versuchen Sie, gegen die Müdigkeit zu kämpfen." Musste er sie so nerven? Sie war doch so müde! So schrecklich müde.

33.

Im Radio erklang leise ein bekannter Michael Jackson Song. Hin und wieder kamen Störungen auf, da anscheinend der Sender nicht richtig eingestellt wurde. Man hatte das Fenster einen Spalt geöffnet. Der Duft von frischem Rasen nach einer verregneten Nacht kam ihr in die Nase. Wie gut das tat! Am frühen Morgen hörte der Regen auf und als die Sonne aufging, verscheuchten die ersten Lichtstrahlen die letzten grauen Wolken. Es war noch sehr kühl draußen, daher kuschelte sich Jolene noch ein Stück tiefer in ihr warmes Bett. Es war nicht ihr Bett. Es war jenes, welches das Krankenhaus ihr zur Verfügung gestellt hatte in einem netten Einzelzimmer.

Alle halbe Stunde schaute eine Schwester nach ihr, ob noch alles in Ordnung sei. Viel zu fürsorglich für Jolenes Geschmack, aber es machte ihr auch nichts aus. Es war kurz vor 9 Uhr morgens. Ellen würde jeden Moment auftauchen. Sie hatte sich bei dem Sturz die Schulter geprellt. Zum Glück war nichts gebrochen. Sie trug eine Schlinge um den Schultergürtel, mit der sie ihren Arm ruhig halten sollte. Die erste Nacht hatte sie auf einem Gästebett neben Jolene verbracht. Geschlafen hatten sie aber kaum. Jolene erzählte ihr alles. Wut und Tränen kamen immer wieder zum Vorschein. Sie musste immer wieder an Jasmin denken. Was wäre, wenn sie jetzt noch leben würde.

Man hatte ihre Leiche unten im Keller gefunden. In einem Müllsack. Von den anderen zwei Mädchen fehlte bis heute jede Spur.

Jolene erinnerte sich an den Satz von Nicolas:
... „Ich dachte, ich hätte dich das letzte Mal kaltgemacht? Wieso bist du noch nicht unter der Erde, bei Katharina?"

Unter der Erde, bei Katharina.
Unter der Erde konnte vieles bedeuten. Sie gab der Polizei trotzdem den Hinweis.

Wer war Katharina? Vielleicht eine zweite Geliebte? Jolene schüttelte unverständlich den Kopf. Was war das bloß für eine Beziehung, die diese Leute geführt hatten? Nicolas war wohl der Mistkerl in der Beziehung. Höchstwahrscheinlich auch das Oberhaupt. Mickaela, die einzige Frau. Aber wer war Adam in dieser Beziehung? Er sah gar nicht böse aus.

Der Typ hatte dich entführt! , schrie sie sich selbst in Gedanken an.

Ein Verrückter. Vielleicht ein armer Verrückter. Ein Mann, der Hilfe brauchte, ganz einfach. Aber er bekam nie Hilfe. Er bekam immer nur eine reingewürgt. Wer weiß, wie Nicolas zu ihm war. Hatte er ihn manipuliert? Hatte Mickaela ihn manipuliert? Hatten sie sich wirklich alle drei gleich geliebt? Ginge so etwas überhaupt?

Wieder schüttelte sie den Kopf.

Was für Gedanken mache ich mir eigentlich? Es ist vorbei!

Vorbei. Jolene wusste überhaupt nichts von all dem, was mit Adam, Nicolas oder Mickaela war. Wie nah Liebe und Hass beieinanderlagen. Bis wohin man gehen durfte und wann es schon zu viel war. Wo begann der Wahn?

Sie war Teil einer Geschichte. Teil einer Suche. Der Suche nach dem perfekten Mädchen. Eine Suche, die die Grenze des Richtigen überschritt. Eine Suche, die mit dem anderer spielte, um ans Ziel zu gelangen.

Jolene zog ihre warme Decke bis unter die Nase und schaute hinaus aus dem Fenster. Ihre Schulter schmerzte sehr und die Narbe vom Messer würde sie ihr Leben lang daran erinnern, was geschehen war.

Jolene akzeptierte es.

Das Krankenhaus stand mitten in der Stadt auf einem Hügel, somit konnte sie weit über die Straßen und Häuser schauen.

Die Sonne strahlte in ihr Zimmer. Im Licht konnte sie kleine Staubpartikel tanzen sehen. Über den Dächern schwebte noch ein Rest von Nebel, der sich mehr und mehr verzog. Es würde ein schöner Tag werden.

Jolene freute sich sehr über diesen Tag.

Sie bemerkte gar nicht, wie ihre Zimmertür leise geöffnet wurde, durch die ihre Mutter mit einem riesigen bunten Blumenstrauß hineintrat und sie anlächelte. Ellens Lächeln kam tief aus ihrem Herzen, denn sie hatte nun endlich ihre Tochter wieder.

– Ende -

Großes Dankeschön!

Danke an meinen Freund Christopher. Er gab mir nützliche Tipps und Anregungen.
Wir machten oft Scherze und planten schon, eine Parodie über *Hab (keine) Angst* zu schreiben. Er hat mich unterstützt und immer an mich geglaubt. Ich danke ihm von Herzen dafür.
Chris, ich liebe dich!
Als mein Manuskript fertig war, gab es Interessenten. Meine Freundin und ehemaliges Opfer aus meiner Ausbildungszeit Jill und meine damalige Mitschülerin Linda gaben mir Kritik und Lob.
Und auch Jim (wir haben uns auf unserer Amerikareise kennengelernt) las mein Manuskript und gab mir sehr nützliche Tipps. Vielen, vielen Dank für eure Ehrlichkeit!
Dankeschön auch an das Schreibbüro Knöspel und an Lisa, sie hatten mir bei der Korrektur sehr geholfen.
Natürlich danke ich auch meiner Familie, die mich immer unterstützt hat. Meine Eltern und meine zwei Brüder, die mir immer gut zugeredet haben, nicht aufzugeben.
Ich liebe euch!
Wenn ich alle meine Freunde und Bekannte aufzählen würde, die mir bei meinem Buchprojekt geholfen und mich motiviert hatten, dann wäre das Buch noch lange nicht zu ende. Ihr wisst, ich denke an euch und bin froh, euch zu haben!

Jeraline Rübsamen
November 2015